나는 내성적으로 살기로 했다

나는 내성적으로 살기로 했다

| 서이랑 글 |

"물구나무를 서느라 내가 걷는 풍경을 제대로 볼 수조차 없다면,
나는 차라리 물구나무서기를 못하고 싶다."

푸른영토

저의 생쇼에 오신 것을
환영합니다

인생이란 무엇인가. 90년대 꽃미남 가수는 노래했다. 우리 인생은 일 막의 쇼와 같다고. 세상이라는 무대 위에서 나는 주인공이라고. 나는 바람 소리를 듣듯 흘려들었다. 나는 주인공이 아니었고 내 인생은 화려한 쇼와는 거리가 멀었으니까.

그로부터 20년이 지난 어느 날, 책에서 '인생'과 '쇼'라는 단어를 다시 발견했다. 정여울 작가는 말했다. 인생이란, 당신이 끔찍이도 중요하다고 믿는 것을 전혀 중요하다고 생각하지 않는 사람들 앞에 꺼내 보이며 쇼를 하는 것이라고. 그것도 오만가지 생쇼를.

쇼와 생쇼. 같은 비유이면서도 전혀 달랐다. 나는 그제야 인생이 쇼라는 비유에 고개를 끄덕였다.

이 책은 한마디로 나의 생쇼다. 내가 끔찍이도 중요하다고 믿는 '내성적인 성격'을 별로 궁금하지도 않을 사람들 앞에 꺼내 보이며 쇼를 하는 책이다.

나는 이 쇼를 통해 내가 가장 하기 어려운 말들을 하려고 한다. 내가 입에 담기도 고통스러울 만큼 숨기고 싶은 부분이야말로 실은 나에게 가장 중요한 것이니까.

나에게 산다는 것은 수치심과 두려움을 쌓아가는 일이었다. 수치심, 두려움, 자기혐오의 벽돌을 하나둘 쌓아올릴 때마다 나를 둘러싼 벽은 점점 높아졌고 나는 내 안에 조용히 갇혀갔다. 그리고 이 외로운 건축물의 기반에는 내성적인 성격이 콘크리트처럼 깔려 있었다.

내성적인 성격에 대해 이야기하면서 내가 겪은 사건보다 내 머릿속 생각을 주로 늘어놓게 된 것은 그런 이유다. 나에게 모든 사건은 내 머릿속에서 일어났다. 나는 평온한 얼굴을 하고 매일 수치심, 두려움, 자기혐오 등과 치열하게 싸우는 일을 했다. 내가 사는 세계는 머릿속이었고 나는 가끔 밖으로 나와 현실 세계에 살았다.

　어디까지나 내 생각이기에 때로는 극단적이고 때로는 자기 방어적이다. 먼 훗날 보면 내가 이런 한심한 생각을 했다니 하고 부끄러워질 날이 올지도 모르겠다. 그러나 지금의 나는 내 생각이 적어도 쓸모없지는 않다고 믿는다. 누군가에게는 쓸모없겠지만 나와 닮은 누군가에게는 분명 쓸모 있으리라고 믿는다. 그 누군가를 위해 나는 이 생쇼를 벌인다.

나에게 산다는 것은

수치심과 두려움을 쌓아가는 일이었다.

수치심, 두려움, 자기혐오의 벽돌을

하나둘 쌓아올릴 때마다

나를 둘러싼 벽은 점점 높아졌고

나는 내 안에 조용히 갇혀갔다.

그리고 이 외로운 건축물의 기반에는

내성적인 성격이 콘크리트처럼 깔려 있었다.

| 차례 |

나는 내성적으로 살기로 했다

주인공이 될 수 있을까?

나는 비겁하게 살아왔다

나는 대화라는 놀이공원에 간다

게으르고 쓸모 있기를

A형 같은 O형

숨기는 게 속이는 걸까?

벗으면 벗을수록 좋은 것

나는 왜

얌전하다는 말이 거슬릴까.

나는 왜

칭찬하는 말들이 거슬릴까.

징검돌에 걸려

넘어지는 바보처럼,

모두 무심히

밟고 지나가는 말에

나는 자주 걸려

넘어지곤 했다.

얌전하다는
말은
칭찬일까?

얌전하다는
말에 대하여

어느 날 수업 시간이었다. 교실에 들어온 선생님은 칠판에 '비행기 태우기'라고 적었다. "오늘은 다 같이 비행기를 한번 타 봅시다. 한 명씩 돌아가면서 옆 사람의 장점을 이야기하는 거예요. 자, 여기서부터 시작!" 선생님의 갑작스러운 출발 총성에 더듬더듬 칭찬 릴레이가 시작되었다. 한 사람 한 사람 입을 뗄 때마다 어색하면서도 들뜬 공기가 교실을 가득 채웠다. 들뜬 공기를 타고 우리는 한 사람씩 비행기에 착석했다. 드디어 내 차례가 되었다. 어떤 칭찬을 해줄까 내심 기대하고 있던 나를 보며 옆에 앉아 있던 친구가 입을 열었다. "음, 얌전하고 조용조용해요."

아, 그 순간의 감정을 어떻게 설명할 수 있을까. 나는 비행기에서 보기 좋게 밀쳐져 바닥으로 추락했다. 나는 추락했지만 추락하지 않은 척해야 했다. 나는 소외감과 모욕감과 수치심이 뒤섞인 복잡한 감정을 느끼면서 그중 어느 하나도 밖으로 튀어나오지 않도록 애써 표정을 관리했다. 쓴웃음이 절로 나왔다.

우리에겐 각자 자신만이 아는 말의 급소가 있다. 나의 급소는 얌전하다는 말이다. 물론 얌전하다는 말을 들을 때마다 예민하게 받아들이지는 않는다. 얌전함이 단순히 성격을 묘사하는 단어로 쓰일 때는 아무렇지도 않다. 얌전함이 성격의 묘사가 아니라 마치 칭찬처럼 던져질 때, 그로 인해 느껴지는 미세한 온도 차를 감지했을 때, 나는 어김없이 그 말에 걸려 넘어진다.

얌전하다는 말은 겉 온도와 속 온도가 다른 단어다. 겉 온도는 사전을 찾아보았을 때 느껴지는 온도로, 얌전하다의 사전적 정의는 '성품이나 태도가 침착하고 단정하다'라고 나와 있다. '침착하다'는 흥분하기 쉬운 상황에서 "침착해"라는 식으로 쓰이고, '단정하다'는 옷차림이나 행동거지가 '단정치 못하다'라는 식으로 많이 쓰인다. 두 단어 모두 긍정적인 의미를 품고 있기에 '얌전하다'도 좋은 뜻으로 보인다. 적어도 나쁜 뜻 같지는 않기 때문에 얌전하다는 말은 초면에도 쉽게 던져지곤 한다. 얌전하시네요,라든지, 아이가 얌전하네요,라는 식으로 인사말처럼 쉽게 쓰이는 것이다.

이처럼 좋아 보이는 탈을 쓴 것에 얌전하다는 말의 비극이 있다. 욕처럼 누가 봐도 나쁜 말은 쉽게 던져지지 않는다. 또한, 던져지더라도 엄연히 언어폭력이 되고 그 말로 인한 부끄러움도 들은 쪽이 아니라 뱉은 쪽이 짊어질 일이다. 그러나 나쁜 뜻이 교묘하게 숨어 있는 어떤 단어들의 경우, 무어라 설명하기 힘든 찜찜함을 느끼면서도 속으로 삼켜야 하는 상황이 연출된다.

얌전하다는 말의 속 온도는 어떠할까. 얌전하다는 말을 사람들은 좋은 의미로 받아들일까. 얌전하다는 단어를 들었을 때 가장 먼저 떠오르는 말은 '얌전한 고양이 부뚜막에 먼저 올라간다'이다.

얌전하다는 말을 자주 들은 나는 어떤 일탈에 가까운 행동을 할 때마다 남들이 수군거릴까 봐 걱정해야 했다. 부뚜막에 올라간 얌전한 고양이라고 뒤에서 흉보지 않을까? 얌전함을 내숭으로 보지 않고 성격으로 받아들인다고 해도 사정은 달라지지 않는다. 얌전함이란 내성적인 성격에 가까운데 내성적인 성격을 진심으로 칭찬하는 사람이 과연 있을까. 조선 시대 마인드를 장착한 희귀한 사람이라면 몰라도 지금처럼 외향성을 요구하는 시대에 얌전한 성향은 일반적으로 좋은 평가를 받기 힘들다.

실제로 '얌전하다'를 인터넷에서 찾아보면 얌전하다는 말을 들어서 고민이라는 사람을 심심찮게 찾을 수 있다. 답하는 사람 역시 그런 고민을 마땅하게 받아들인다. 얌전하다는 말을 칭찬으로 인식하는 사람이 없다는 사실이 여기서도 명백해진다. 예뻐서 고민이라거나 날씬해서 고민이라고 한다면 배부른 소리나 헛소리로 치부하겠지만 얌전해서 고민이라는 말에는 모두 진지하게 고개를 끄덕이는 것이다.

또한, 얌전하다는 말이 칭찬이 되려면 부러워하며 그렇게 되고 싶은 사람이 많아야 하는데 얌전해지고 싶다는 사람은 아무리 눈을 씻고 찾아도 없다. 인싸가 되고 싶다고 말하는 사람은 많아도 아싸가 되고 싶다고 말하는 사람은 없는 것이나 마찬가지다. 인싸는 되고 싶다고 해서 누구나 될 수 없지만 아싸는 진심으로 되고 싶다고 생각한다면 얼마든지 될 수 있으니까. 얌전한 것도 마음만 먹으면 누구나 그렇게 보일 수 있는 일이다. 부뚜막에 몰래 올라가는 얌전한 체하는 고양이가 되면 되니까.

일반적으로 부정적인 뉘앙스를 품은 말들은 온도가 일정해서 대놓고 말해지는 일이 드물다. 초면에 내숭 떠시네요,라든지, 나대시네요,라는 말을 뱉지는 않는 것이다. 반면 '얌전하다'처럼 온도 차가 큰 말들은 마치 칭찬처럼 쉽게 던져진다.

나는 그날 교실에서 그런 미묘한 온도 차를 느꼈다. 드러낸 마음과 속마음이 다르다는 느낌. 그 친구는 나의 얌전함을 조금도 부러워하지 않았고 바람직하게 생각하고 있지도 않았음을 나는 안다. 활발한 편이었던 그 친구는 그런 식으로 교묘하게 자신이 우위에 있음을 드러내고 싶었던 건지도 모르겠다. 그때의 기분은 말하자면, 나는 땅꼬마 같은데 모델 같은 친구가 와서는 "넌 아담해서 좋겠다"라고 말하고 간 기분 같은 것이었다. 그런 말을 들으면 순간 말문이 막힌다. 도대체 뭐라고 대꾸해야 하는 걸까.

그놈의
칭찬 때문에

우리 마음에 상처를 내는 말이란 대부분 '얌전하다' 같은 말들이다. 공격적인 말이 아니라 비공격적인 말들. 일상적으로 쓰이는 별것 아닌 말들. 우리 몸의 상처가 거의 고의가 아닌 사고로 이루어지듯이 우리의 어떤 약점이 어떤 말과 부딪히는 순간 사고가 난다.

때로는 나에게 직접 던져진 말이 아니라도 사고가 날 수 있다. 일반적으로 바람직하지 않다고 여겨지는 쪽에 비공격적으로 혹은 무심하게 혹 놓여질 때. 그런 상황은 대개 칭찬이라는 아름다운 형식을 띤다. 내가 아닌 다른 누군가에게 하는 칭찬을 듣는 형식으로. 예를 들어 두 형제가 있고 둘 다 있는 곳에서 그중 한 명을 칭찬하는 말을 한다거나 아니면 여러 학생들 앞에서 한 학생을 칭찬하는 경우를 들 수 있다. 그때 그 자리에 있는 사람 가운데 그 칭찬의 반대편에 서 있는 누군가가 있다면 어떨까. 그에게는 강 건너 칭찬 구경이 아니라 자신에게 가해지는 소리 없는 비난으로 들릴지도 모른다.

결국, 칭찬이란 이분법이 아닌 세계에서만 순수한 칭찬이 된다. 이분법의 세계에서 던져진 칭찬은 칭찬이라기보다 판단이다. 이분법의 세계에서 어느 한쪽을 칭찬하는 것은 곧 다른 쪽을 비난하는 셈이니까.

사실 이런 일은 우리 일상에서 그야말로 밥 먹듯이 벌어진다. 누군가를 칭찬하는 일은 당연히 좋은 일이라고 여기기에 누가 듣더라도 언짢은 마음이 들리라고는 미처 생각지 않기 때문이다. 칭찬이 바람직하다는 생각은 듣는 이들에게도 똑같이 적용되어 개운치 않아도 무어라 토를 달지도 못한다. 여기서 토를 달면 "뭘 그렇게 예민하게 구니? 무슨 말을 못 하겠네"라는 말을 듣게 될 것 같으니까. 그렇게 우리는 이중의 상처를 받는다.

공개적인 칭찬은 반드시 누군가를 소외시킨다. 칭찬에 대해 말하는 이론들조차 그렇다. 칭찬의 부작용이라고 알려진 것들도 모조리 칭찬을 받는 사람의 입장에서만 이야기한다. 칭찬을 받지는 못하고 듣기만 해야 하는 주변인의 입장에 대해서는 아무도 말하지 않는다. 이것이 칭찬이 비난보다 더욱 잔인한 점이다. 대화의 주인공조차, 아니 등장인물조차 되지 못한다는 것. 대놓고 비난을 들을 때는 대화의 주인공이 된다는 점에서 적어도 소외감을 느끼지는 않는다. 공개적인 비난을 받았을 경우라면 주위의 위로를 받을 수도 있고, 때로는 들이받더라도 정당방위가 인정된다는 점에서 무력하지만은 않다.

내가 언제나 주변인이었기 때문일까, 나는 가끔 비난보다 칭찬이 더한 폭력처럼 느껴진다. 칭찬은 고래도 춤추게 한다는 말은 틀린 말이 아니다. 칭찬은 그만큼 강력하다. 칭찬을 듣는 당사자뿐만 아니라 그 자리에 있는 모든 사람들에게 영향을 끼친다. 특히 어린 시절에 주위듣는 칭찬들은 한 사람의 가치관이나 신념을 형성하는 데에 크나큰 영향을 끼친다. 무엇에 대해 칭찬을 주고받는다는 것은 그것을 중요하게 생각한다는 뜻이다.

옛날에는 머리 크기라는 것을 아무도 중요하게 생각하지 않았기에 그에 대해 언급 자체를 하지 않았지만 머리 크기가 화두로 떠오르면서부터 머리가 작다거나 비율이 좋다거나 하는 칭찬을 주고받게 된 것처럼 말이다. 즉 누가 어떤 칭찬을 듣는지 보고 들으면서 우리는 인생에서 무엇이 중요한지 가치관을 형성한다. 그러니까 칭찬이 문제다. 그놈의 칭찬 때문에 우리는 모두 같은 것을 바라고 같은 것을 부러워한다. 우리는 모두 같은 것을 중요하게 생각한다. 우리는 모두 같은 길을 간다. 우리가 이토록 재미 없어진 이유가 다 그 마약 같은 칭찬 때문인 것이다.

칭찬은 채식 같다. 잘만 하면 참 좋지만 잘하기가 어렵다. 채식만으로 영양의 균형을 맞추기가 쉽지 않은 것처럼, 칭찬도 잘만 하면 놀라운 결과를 만들어내지만 잘하기가 보통 어려운 게 아니다. 일반적으로 알려져 있는 칭찬 방법에도 개인적으로 수긍하기 어렵다. 특히 칭찬은 공개적으로 하고 비판은 개인적으로 하라는 말에는 도저히 공감할 수 없다. 칭찬이야말로 개인적으로 해야 하는 것이라고 나는 생각한다. 공개적인 칭찬으로 당사자 외의 많은 이들에게 패배감과 소외감을 안겨주고 모든 이들에게 똑같은 가치관을 주입시키는 일은 적어도 피할 수 있으니까.

　그런 점에서 '비행기 태우기' 수업은 좋은 수업이었을지는 몰라도 훌륭한 수업은 아니었다고 본다. 물론 내가 제대로 된 칭찬을 못 받았다는 오랜 뒤끝을 담아 하는 말이다. 뒤끝을 빼고 보아도 사실 그렇다. 한두 명이 아닌 모두에게 골고루 돌아가는 칭찬이더라도 나는 그 공개적인 칭찬 릴레이가 마냥 아름답게만 들리지 않았다. 누가 보아도 납득할 만한 기분 좋은 칭찬을 받는 쪽과 억지로 만들어낸 칭찬 같지 않은 칭찬을 받는 쪽으로 나누어졌으니까. 나는 그날 알게 되었다. 웃는 얼굴에는 침 못 뱉어도 웃는 얼굴로는 침 뱉을 수 있다는 사실을.

이분법의 세계에서 던져진 칭찬은

칭찬이라기보다 판단이다.

이분법의 세계에서

어느 한쪽을 칭찬하는 것은

곧 다른 쪽을 비난하는 셈이니까.

귀엽다는 말이
칭찬이 아니라고?

어렸을 때 나는 칭찬에 굶주린 아이였다. 나에게 칭찬이란 인기 아이돌 같았다. 언제나 눈앞에서 춤추고 움직이며 갖고 싶은 욕망을 불러일으키지만 절대 가질 수도 만날 수도 없는 존재. 온종일 TV를 켜둔 방처럼 내 주위에서는 시도 때도 없이 칭찬들이 춤을 추며 내 욕망을 자극했다. 내 옆에는 칭찬을 불러 모으는, 엄친아의 대명사 같은 언니들이 늘 있었으니까.

그나마 내가 자주 들었던 칭찬이 딱 한 가지 있는데, 그건 '귀엽다'라는 말이었다. '귀엽다'는 말을 몇 번째인가 들었을 때 어린 나는 조금 으쓱해져 누군가에게 그런 말을 들었다며 자랑을 했다. 그때 그 누군가는 이렇게 말했다. "예쁜 사람한테는 예쁘다고 하지 귀엽다고 안 해. 예쁘지 않은 사람한테 못생겼다고 말할 수는 없으니까 대신 귀엽다고 하는 거야."

지금 들으면 말 같지도 않은 소리라고 웃어넘길지도 모르지만 어린 꼬맹이였던 나는 그 말을 진지하게 받아들였다. 아, 귀엽다는 말은 칭찬이 아니구나. 귀엽다는 말은 못생겼다는 뜻이구나.

어쩌면 그때부터였는지도 모르겠다. 내가 칭찬이라는 것을 순수하게 받아들이지 못하고 모든 칭찬에 가시를 세우게 된 건. 내가 받은 칭찬에는 '지금 이게 칭찬이 맞나?' 되묻게 되고, 남이 받은 칭찬에도 '칭찬이 고래도 춤추게 한다고? 고래가 춤춰서 누가 좋은데? 결국 사람만 좋은 일 시키는 거 아냐?'라는 식으로 삐딱선을 탄다.

무서운 것은, 내 가치관에 큰 영향을 끼치고 아직까지도 기억날 정도로 충격을 준 그 말을 도대체 누가 했는지 모르겠다는 점이다. 아무리 생각해도 그 말의 주인이 도무지 기억이 안 난다. 상처 준 사람은 없고 상처 준 말만 남아있는 현실. 기억은 죽어도 말은 끝까지 살아남아 사람에게 계속해서 영향을 끼친다. 말의 그 끈질긴 생명력이 무섭고 또 무섭다.

그놈의 칭찬 때문에

우리는 모두 같은 것을 바라고

같은 것을 부러워한다.

우리는 모두 같은 것을 중요하게 생각한다.

우리는 모두 같은 길을 간다.

우리가 이토록 재미없어진 이유가

다 그 마약 같은 칭찬 때문인 것이다.

나의
의식적 편애

나의 독특한 외모 취향 중 하나는 부스스한 느낌의 곱슬머리다. 남자든 여자든 그동안 전혀 관심 없던 사람이라도 뽀글거리는 펌을 하고 나타나면 그때부터 그에게 후광이 비처 보이며 큰 관심을 갖게 된다. 누군가에게 먼저 다가가는 일이 결코 없는 성격이지만 긴 머리로 폭탄 머리에 가까운 펌을 한 친구를 보고 한눈에 반해서 먼저 적극 말을 걸어 친해진 적도 있다.

최근에 반했던 머리는 드라마 치즈 인 더 트랩에서 김고은이 하고 나왔던 머리다. 나는 미용실에 가서 김고은의 사진을 보여주며 이런 느낌의 히피펌으로 해달라고 요구했다. 헤어디자이너는 흔치 않은 요구라는 듯 웃으며 말했다. 좀 더 굵은 펌을 하는 쪽이 자연스럽고 좋을 것 같다고. 나는 끝까지 고집을 피웠다.

나는 자연스럽고 싶지 않았다. 내가 내 모습 그대로 자연스러울 때 나는 도무지 사랑스럽지 않았다. 내 머리는 고속도로처럼 재미없이 쭉쭉 뻗은 직모인데 펌을 해도 돈이 아까워질 정도로 금방 풀려버린다. 나는 머리가 차분한 느낌이 싫어서 절대 린스를 하지 않고 샴푸만 쓴다. 나는 부스스해지고 싶고 고불고불해지고 싶다. 머리카락처럼, 나의 모든 취향은 내가 가진 것의 정반대편에 위치해 있다. 나는 매사에 진지한 사람이면서, 아니 내가 그렇기 때문에 나는 반대로 시시껄렁한 이야기를 잘하는 사람을 좋아한다. 얌전함이나 내성적인 성격에 대해 부정적으로 인식해온 것도 어쩌면 이런 나의 취향이 얼마간 영향을 미쳤는지도 모른다.

나는 내가 아닌 모든 것을 사랑한다. 내가 지닌 모든 것은 내 눈에 아름답지 않게 보인다. 내 눈에 아름다운 것을 어쩔 수 없이 나는 편애한다. 그와 동시에 나는 아름답지 않은 것을 의식적으로 편애하려고 애쓴다. 칭찬받는 아름다운 것들보다 칭찬의 반대편에서 웅크리고 있는 것들을 오히려 편애하려고 노력한다. 어쩔 수 없는 편애와 의식적 편애. 나는 전자의 편애보다 후자의 편애를 하는 내가 좋다. 후자의 편애를 할 때 내가 조금은 아름다워지는 느낌이다. 무엇보다도 이 의식적 편애는 나를 위한 것이다. 나는 어쩔 수 없이 아름다움을 편애하며 어쩔 수 없이 그 반대편에서 살아가는 사람이니까.

머리카락처럼,

나의 모든 취향은

내가 가진 것의 정반대편에

위치해 있다.

얌전하다는 말이
왜 이렇게 거슬리지?

나   방금 저 아줌마 말 들었어?

남편   무슨 말?

나   우리 아기 보고, 아이고, 애기가 가만히 앉아있는
게 참 얌전하네,라고 했잖아.

남편   응. 근데?

나   아니 웃기잖아. 유모차에 벨트로 묶여있는 아기가
그럼 가만히 있지 어떻게 움직인대? 팔다리를 버둥
거리기라도 해야 되나? 유모차에서 가만히 앉아있
다고 얌전하다니 어쩌니 판단을 내리니까 어이없잖

아.

남편 너무 예민한 거 아냐? 얌전하다는 게 나쁜 말도 아 닌데.

나 나쁜 말이야. 남자애면 더더욱 활발하고 활동적인 게 좋다고 생각하지 가만히 있고 얌전한 걸 누가 좋 다고 생각해.

남편 얌전한 게 키우기도 수월하고 좋지, 왜. 난 칭찬으 로 들리는데?

나 엄마가 수월하겠다는 의미라면 뭐 미묘하지만 칭찬 이라고 볼 수도 있겠지. 하지만 아이 본인한테는 절 대 칭찬이 아니라고. 아들 둔 부모 중에 얌전한 아 이로 자랐으면 좋겠다고 말하는 부모 봤어? 너무 정 신없이 설쳐대서 힘든 아들을 둔 부모가 좀 얌전했 으면 좋겠다고 말하는 거 말고, 어떤 아이가 되었으 면 좋겠다고 생각할 때 얌전한 아이를 바라는 경우 가 있겠냔 말이야.

남편 난 얌전한 아이도 좋다고 생각하는데.

나 자긴 얌전한 걸 좋아하는 정말 예외적이고 특이한 사람이니까 그렇지, 일반적으로는 안 그래. 요즘 엄마들은 맞고 오는 것보다 때리고 오는 게 낫다고들 한다잖아. 그런데 애가 얌전하길 바란다고? 차라리 친구들을 휘두르고 다니길 바랄걸. 얌전하다는 건 대부분의 부모들이 기대하는 모습과 반대되는 쪽이 니까 칭찬이 될 수 없다니까.

남편 참 피곤하게 산다, 야.

나 나도 내가 이럴 줄 몰랐어. 얌전하다는 말이 왜 이렇게 거슬리지? 어렸을 때 엄마를 따라다니면 난 어디서든 참 얌전하다는 말을 듣는 아이였거든. 근데 그 말을 들을 때마다 엄마의 얼굴이 썩 기분 좋은 표정이 아니었어. 아이들은 엄마의 표정이나 감정 변화를 굉장히 예민하게 알아차리잖아. 실제로 엄마 아빠는 내가 너무 얌전한 걸 걱정해서 언니들이 다니던 가톨릭 유치원에 안 보내고 나만 일반 유치원에 보냈으니까 뭐 의심의 여지도 없지. 아무래도 가톨릭 유치원은 좀 더 엄격하게 하니까 안 그래도 얌전한 내가 더 얌전해질까 봐 걱정한 거야. 난 오히려 엄하고 조용한 곳에 보내줬으면 더 좋았을 것 같지만, 그때는 그런 생각도 못 했고 그런 의사를 표현할 수 있는 나이도 아니었으니까. 아무튼, 어릴 때 그런 말을 들으면서 내 얌전한 행동이 엄마 아빠를 웃게 해주지 못한다는 사실에 은근히 상처받았었는데 내가 부모가 되니까 아이 보고 얌전하다는 말에 똑같이 반응하게 되네.

남편 아니지, 너는 표정이 안 좋은 정도가 아니라 흥분해서 그 말을 한 사람을 욕하고 있으니까 한술 더 뜨는 거지.

나 욕하다니, 그냥 어이없어서 어이없다고만 한 거지. 아까는 그런 말을 들을 만한 상황이 아니었던 것 같으니까……. 얌전한 게 사실이니까 더 기분 나빠. 휴, 사실은 기분이 나쁘다기보다 그런 말 들을 때마다 문득 걱정이 돼서 기분이 심란해지거든. 이렇게 얌전해서 앞으로 잘 살아갈 수 있을까 싶어서. 내가 지금 우리 엄마 아빠랑 똑같이 애를 걱정하고 있는 거지? 얌전하면 안 되는 건가, 하고 불만스럽게 생각하면서 자란 주제에. 내가 한 번 겪어봤으니까 나랑 비슷한 성향의 아이를 잘 키울 수 있을 것 같았는데 겪어봤기 때문에 오히려 더 걱정이 되네. 얌전하고 낯가림 심한 아이가 살아가기에 어떤 세상인지 너무 잘 아니까.

남편   어떤 세상인데?

나   험난한 세상이지. 이 세상은 활발하고 사교적인 아이를 위한 곳이니까. 일단 학교라는 시스템부터가 그래. 좁은 공간 안에 수십 명의 아이들을 몰아넣고 그 안에서 계속 다 같이 생활하게 하는 것부터가 내성적인 아이들에게는 폭력이야. 아이를 데리고 키즈카페 같은 곳에 가보면 성향이 다른 게 딱 티가 나. 활발한 아이들은 옆에 다른 아이가 있든 말든 신경도 안 쓰고 자기가 하고 싶은 거 하면서 잘만 놀거든. 그런데 우리 아이는 다른 아이들이 많이 있으면 어디든 선뜻 들어가지 못하고 아이들 노는 걸 가만히 보기만 하더라고. 그 모습을 보니까 나중에 학교 가면 어떨지 안 봐도 비디오 같은 거야. 활발하고 활동적인 아이들한테 치이고 휘둘리면서 교우관계에 필요 이상으로 에너지를 쏟게 되겠지. 그 과정에서 상처도 분명 받게 될 텐데, 그저 경험이라고 생각하며 넘기기 힘든 상처까지 받게 될까 봐 걱정이야. 그리고 수업도 수십 명이 다 같이 받는 형식은 내성적인 아이가 손해를 볼 수밖에 없어. 모르는 게 있어도 선뜻 질문하지 못하고 주저하게 되고 토론을 해도 나서서 자신감 있게 발언하지 못하니까 적극적으로 참여하는 아이보다 수업에서 얻는 게 덜하게 되잖아. 나는 내성적인 아이에게는 일대일 교육이 필요하다고 생각하고, 그래서 나는 홈스쿨링이 더 보편화되어야 한다고 생각해. 학교를 다니다가 힘들어지면 홈스쿨링을 생각하는 게 아니라 처음부터 홈스쿨링을 하나의 선택지로 고려할 정도로 말이야. 아니면 좁은 교실에서 다 같이 생활하는 게 아니라 대학교처럼 개인이 자유롭게 움직이면서 수업을 선택해서 듣고 활동할 수 있는 시스템이라면 좋을 텐데, 그렇게 되긴 힘들겠지?

남편 아직 아기인데 벌써부터 너무 앞서서 걱정하는 거 아냐? 지금은 얌전하고 낯가리고 해도 애들은 크면서 또 어떻게 변할지 몰라. 그리고 애들은 부모가 생각하는 것보다 훨씬 강하다니까. 학교도 생각보다 적응도 잘하고 좋아하면서 잘 다닐 수도 있지,

나	보내보지도 않고 어떻게 알아? 아이를 믿어 보자고. 어쩌면 잘할 거라고 믿는 게 더 위험할 수도 있어. 아이는 그런 부모 마음을 고스란히 느끼니까 자기가 잘 적응하지 못하고 힘들어도 부모가 실망할까 봐 말하지 않게 될 확률이 높거든. 난 그게 제일 두려워. 아이가 힘든 일을 털어놓지 못하는 부모가 될까 봐. 털어놓지 않으면 도와줄 수가 없으니까.
남편	그건 나도 동의해. 부모 자식 간에도 이런저런 이야기 거리낌 없이 다 할 수 있는 사이가 참 좋아 보이더라. 그런데 그렇게 되기가 쉽지 않은 것 같아. 아이를 키운다는 게 참 어려운 일이야, 그치?
나	응. 세상에서 제일 어려운 일 같아.

우리에겐 억울할
권리가 있다

　세상이란 원래 호락호락하지 않은 법이고 험난한 세상이 펼쳐질 일이 내 아이에게만 해당되는 이야기는 아닐 것이다. 아이가 내성적인 성향 때문에 힘들어질까 봐 걱정되기도 했지만 사실 유난스럽게 걱정을 한 진짜 이유는 그 성향을 내가 물려주었다는 책임감 때문이었다.

　나는 아이에게 미안한 마음이 들었고 나중에 원망하는 말을 듣지는 않을까 겁이 나기도 했다. 아이를 낳고 나는 점점 더 겁쟁이가 되어간다. 성향뿐만이 아니다. 가난도 물려줄까 봐 겁이 난다. 무능력한 부모가 되어 무능력한 아이로 만들까 봐 겁이 난다. 이 세상에서 타고난 것은 곧 능력이니까.

타고난 것과 타고나지 않은 것의 경계가 점점 희미해진다. 어디까지가 타고난 것이고 어디부터가 타고나지 않은 것인가. 이 경계가 희미해지면서 우리는 차별에 맞설 힘을 잃었다. 차별을 뚫고 나갈 의욕을 잃었다. 외모나 성향은 타고난 것이지만 그로 인해 인기가 많아지고 인맥을 쌓으면 능력이다. 금수저는 타고난 것이지만 그로 인해 해외에서 대학을 나오고 영어가 유창해지고 여러 경험을 통해 다재다능해지면 능력이다.

이렇게 타고난 것들이 능력으로 변화되는 과정을 지켜보면서 우리는 무엇이 차별이고 무엇이 차별이 아닌지 판단할 힘을 잃었다. 우리는 이제 차별이라고 외치지 않는다.

우리는 더 이상 억울해하지 않는다. 억울해할 권리조차 잃었다. 타고난 것이 곧 능력이므로 우리는 무력함을 느끼고 삶의 의욕을 잃는다.

나는 차별이 없는 세상을 꿈꾸는 것이 아니다. 불공평할 수밖에 없는 세상에서 차별을 완전히 없애기란 불가능하니까. 단지 나는 이런 세상을 꿈꾼다. 아이에게 어떤 것을 물려주더라도, 성향이든 외모든 신체든 돈이든 그 무엇이든, 그 타고난 것 때문에 아이에게 미안할 필요 없는 세상이길, 타고난 것 때문에 부모를 원망할 일도 없는 세상이길, 그리고 얼마든지 억울해할 수 있는 세상이길. 우리에겐 억울할 권리가 있다.

타고난 것과 타고나지 않은 것의

경계가 점점 희미해진다.

어디까지가 타고난 것이고

어디부터가 타고나지 않은 것인가.

나는 왜

싹싹하지 못할까.

나는 언제나

죄 없는 죄인이었다.

싹싹하지 '않아서'가 아니라

싹싹하지 '못해서'

누굴 만나도

나는

죄스러웠다.

싹싹하지
못해서

싹싹하지 못해서
죄송합니다

성격과 관련해서 내가 가장 많이 들어본 말이 '얌전하다'였다면, 한 번도 들어본 적 없고 앞으로도 가장 들어볼 일 없을 것 같은 말은 '싹싹하다'이다.

나는 싹싹하지 못하다. 낯가림이 심해서 붙임성 같은 건 대통령이 아니라 대통령 할아버지가 온다 해도 없다. 사실 말 걸고 싶고 다가가고 싶은 상대일수록 머리가 굳어버리고 대화가 어색해져서 문제다. 어쩌겠는가. 나는 새삼스레 '난 왜 이럴까' 하는 고민 따위를 진지하게 하는 일 없이 그럭저럭 살아가고 있었다. 싹싹하지 못한 게 어제오늘 일도 아니고 사춘기 소녀도 아니니까. 그런데 새삼스레 나의 '싹싹하지 못함'에 대해 자괴감과 자기혐오에 빠졌던 적이 있었으니, 바로 며느리라는 새로운 옷을 막 입기 시작했을 때였다.

사실 '며느리는 싹싹해야 한다'라는 생각은 다분히 성차별적이다. 며느리라는 역할에는 성격과 관계없이 싹싹함이 요구된다. 사위는 무뚝뚝하게 있어도 성격이 그러려니 하고 자연스럽게 받아들인다. 하지만 며느리가 싹싹하지 못하면? 예의가 없는 사람이나 마찬가지 취급을 받으며 욕먹을 일이 된다. 물론 이는 사회적 통념의 얘기고, 실제로 내가 며느리가 되었다고 해서 나에게 싹싹함을 요구한 사람은 아무도 없었다. 나에게 싹싹하지 못하다고 눈치를 주거나 한소리 하는 사람도 아무도 없었다. 아니, 정확하게는 딱 한 사람 있었다. 바로 나.

나는 며느리라는 옷을 입기 시작하면서부터 나의 싹싹하지 못함을 탓하기 시작했다. '잘하고 싶다'라는 순수한 마음은 '싹싹해야 한다'라는 의무감으로 변해 나를 계속 압박했다. 나름 살갑게 굴어보겠다고 애를 쓰기도 했지만, 자연스럽게 우러나오는 싹싹함이란 '센스'와 비슷한 구역에 존재하는 것이라서 노력한다고 누구나 되는 일이 아니었다. 그럼에도 나는 바보스러운 자학을 이어갔다. 나는 왜 이 모양일까, 나는 왜 싹싹하지 못할까, 내가 싹싹했으면 딸처럼 친하게 지낼 수도 있을 텐데, 내가 싹싹한 며느리가 아니라서 싫어하시지 않을까. 급기야 어느 날은 죄책감을 견디지 못하고 뜬금없이 말로 뱉어내기까지 하고야 말았다. "어머니, 제가 싹싹하질 못해서 죄송해요."

아, 여기서 대한항공의 유명한 땅콩 회항 사건이 떠오른다. 당시 대한항공의 직원들은 "이번 일 같은 일은 비일비재하다. 이런 게 뉴스에 나왔다는 게 오히려 의아할 정도"라고 말하며 다른 사건들을 폭로했는데 그중 이런 이야기가 있었다.

땅콩 갑질의 주인공이었던 전 부사장이 어떤 여승무원을 보고는 '저렇게 호박같이 생긴 애를 왜 서비스를 시키냐'고 해서 결국 그 승무원이 무릎을 꿇고 사과했다는 이야기였다. 그러니까 아무 잘못도 없이 단지 외모가 마음에 안 든다는 이유로 '못생겨서 죄송합니다'라고 사과까지 하게 되었다는 말이다. 이 얼마나 어처구니없는 이야기인지.

그런데 가만 생각해보니 그저 남의 이야기라고만 생각했던 그 억울한 사과와 내가 며느리로서 한 사과가 별반 다를 바 없이 느껴지는 것이다. '못생겨서 죄송합니다'나 '싹싹하지 못해서 죄송합니다'나 그게 그거 아닌가. 외모든 성격이든 타고나는 것인데 '이렇게 태어나서 죄송합니다' 하고 사과하는 꼴이니 말이다. 아니다, 분명히 다르다. 여승무원은 그래도 비상식적인 말을 듣고 타의에 의해 사과를 강요당한 것이지만, 나는 가만히 있는 사람에게 자발적으로 가서 '못생겨서 죄송합니다' 하고 사과하고 온 꼴이다. 세상에 이런 코미디가 따로 없다.

나는 그런 코미디 같은 사과를 하고도 아주 오랫동안 그 사과의 우스움을 깨닫지 못했다. 나는 그 사과가 마땅하게 느껴졌다. 나는 나에게 땅콩 갑질을 하고 있었다.

나는 나에게

땅콩 갑질을 하고 있었다.

나는 왜
사과를 했을까

나는 왜 사과를 하지 않고서는 못 배긴 것일까. 나를 사과하도록 부추긴 것은 '사회의 언어를 배운 나'였다. 사회의 언어를 배운 나는 거침없이 나의 성격에 대해 판단을 내렸다.

첫 번째 판단은 성격을 '좋다/나쁘다'로 구분한 가치판단이었다. 성격이란 개인의 개성이면서 동시에 개성으로 존중되지 않는다. 미의 기준이 존재하듯 성격을 판단하는 기준이 존재한다. "그 사람은 성격이 참 좋아"라고 할 때 '좋은' 성격이란 대체로 '사교적인' 성격을 뜻한다. 초면에도 살갑게 다가갈 수 있는 '붙임성 좋은' 성격을 의미하는 것이다. 즉 비사교적인 사람이

나 낯가림이 심한 사람은 자동적으로 성격이 '좋지 않은' 사람이 된다.

두 번째 판단은 성격을 '노력'의 영역이라고 여긴 것이다. 타고난 것에 대해 사과하는 사람은 없어도 노력의 부족에 대해서는 충분히 사과할 만하다. 나는 왜 노력이 부족해서 싹싹하지 못하다고 생각했을까. '싹싹하지 못하다'라는 말이 일반적으로 쓰이기 때문이다. 우리는 싹싹하지 '않다'가 아니라 싹싹하지 '못하다'라고 한다. 물론 '싹싹하지 않다'라는 말도 쓰이고 있긴 하지만 '싹싹하지 못하다' 쪽이 더 입에 착 붙는 느낌이다. 그뿐만이 아니다. 살갑지 못하다, 사교적이지 못하다, 같은 말들도 마찬가지다.

우리는 성격을 묘사하는 단어에서 부정의 의미를 넣을 때 '못하다'를 즐겨 사용한다. '예쁘지 못하다'라는 말은 쓰지 않으면서 말이다. 그래서 사과할 당시의 나에게 '못생겨서 죄송합니다'는 우습게 들리지만 '싹싹하지 못해서 죄송합니다'는 우습게 들리지 않았다. '예쁘지 못하다'는 말은 우습지만 '싹싹하지 못하다'는 말은 우습지 않았다.

그러니까 1차로 '싹싹하지 못함'을 '그래서 뭐 어때'가 아니라 '성격이 좋지 못함'으로 가치 판단을 내려버렸고, 2차로 성격이 나쁜 이유를 '노력이 부족해서'라고 판단함으로써 죄책감에 자수하듯 사과를 했던 것이다.

사과를 부추긴 두 번의 판단에 대해 나는 뒤늦게 생각한다. 성격에 좋고 나쁨이 있는가. 성격은 노력의 영역인가.

일단 좋고 나쁨을 가릴 수 있는 것은 성격이 아니라 성품이다. 성격뿐만 아니라 우리는 무엇에든 '좋다'라는 표현을 쉽게 쓰는데, 칭찬과 마찬가지로 '좋다'는 표현 역시 주의해서 사용해야 한다고 생각한다. 어떤 것을 그저 '좋은' 것이라고 표현했을 때 그 말은 우열을 가르는 말이 되고 곧 반대편에 있는 것을 '나쁜' 것으로 판단하는 말이기 때문이다. '좋다'는 표현을 쓸 때는 '나는'이라는 말을 붙여서 자신의 취향임을 드러내야 하지 않을까. '나는'이라는 말은 판단의 세계를 취향의 세계로 바꿔준다. "그 사람은 성격이 참 좋아"가 아니라 "나는 그 사람 같은 성격이 좋더라"라고 하고, "키는 큰 게 좋지"가 아니라 "나는 키가 큰 게 좋아"라고 한다면, 판단의 말에서 취향의 말로 바꾼다. 판단의 세계에서 생길 수밖에 없는 필연적인 상처들도 줄어들 수 있다.

어쩌면 상처는 문제가 아니다. 이미 이런 말들은 너무나 자연스럽고 당연하게 통용되고 있기 때문에 더는 누구도 상처받지 않게 되었으니까. 언제부턴가 키, 외모, 성격 등은 취향에서 계급으로 바뀌었다. 다양한 색깔이 수평적으로 존재하는 취향이 아니라 위아래를 확실히 구분할 수 있는 수직적인 계급이 된 것이다. 연예인을 놓고 '우월한 유전자' 운운하는 기사들은 이제 오늘의 날씨를 보듯 우리의 일상이 되었다. '우월'이라는 표현을 쓰는 데에 불편함을 느끼지 않게 된 분위기가 나는 아직도 불편하다.

또한, 성격이야말로 '노력'의 영역이 아닌 '노오력'의 영역이다(이에 대해서는 뒤에서 다시 자세히 이야기하려고 한다). 그런데 성격은 키나 외모와 달리 노력의 영역으로 여겨진다는 데에 큰 비극이 숨어 있다. 키나 외모 같은 외면으로 판단한다면 명백한 차별로 느끼지만 성격으로 판단하는 일은 내면으로 인한 정당한 차별처럼 느끼는 것이다. 구인광고에서 키 160cm 이상, 용모단정 등의 문구를 사용하는 일이 문제 되곤 했는데, 비슷하게 흔히 쓰이는 문구로 '밝은 성격의 소유자'라는 말이 문제적으로 거론된 일은 한 번도 본 적이 없다. 나는 늘 이 문구에 씁쓸함을 느꼈다. 성격이 업무에 큰 역할을 하는 영업직을 뽑는 것이 아니라면 이 역시 명백한 차별이 아닌가. 차별이라는 인식조차 없이 차별하는 것이야말로 가장 무서운 차별이다. 나라는 존재에 대해 죄책감을 느끼고 자존감이 낮아지는 일은, 사회에서 보이지 않게 거부당하는 이런 사소한 일들이 쌓여가면서 완성되는 일이다.

다시 처음 이야기로 돌아가자면, "어머니, 제가 싹싹하질 못해서 죄송해요"라고 사과한 직후에 내가 어떤 말을 들었는지는 잘 기억나지 않는다. 분명한 것은 시간이 흐르면서 나는 더 이상 죄책감이나 의무감으로 괴로워하지 않게 되었다는 점이다. 시어머니는 나의 성격을 조금도 못마땅하게 여기지 않고 한 사람의 개성으로서 존중해 주었다. 그런 느낌은 어떤 말 한마디로 알 수 있는 것이 아니라 오랜 시간에 걸쳐 쌓이는 느낌이라서 글로 설명하기가 대단히 어렵다. 차별당한다는 것은 말 한마디에서도 느낄 수 있지만 존중받는다는 것은 오랜 시간을 겪어봐야 비로소 느낄 수 있는 법이다.

왜
'내성적이지만'이야?

나　이거 좀 봐봐.

남편　꼬마버스 타요? 이게 왜?

나　여기 타요에 나오는 캐릭터들 설명한 거 말이야. 한 번 읽어 봐. 좀 걸리는 부분 있지 않아?

남편　음. 어디 가? 전혀 모르겠는데?

나　버스들의 성격을 설명한 부분을 봐봐. 파란 버스 타요는 '긍정적인 성격에 호기심 많고 명랑한'이라고 되어 있고, 초록 버스 로기는 '나서기를 좋아하는 적극적이고 활달한'이라고 되어 있지. 그리고 노란 버스 라니는 '상냥하고 귀여운 미소의 애교 만점'이라고 되어 있어. 그런데 빨간 버스 가니를 봐. '내성적이지만 생각이 깊고 어른스러운'이라고 되어 있잖아.

남편　그런데?

나　이상하지 않아? 왜 '내성적이지만'이야?

남편　뭐가 이상하다는 거야?

나　'-지만'이라는 조사를 사용한 거 말이야. 그냥 '내성적이고'라고 하면 되잖아. 나서기를 좋아한다는 것도 '나서기를 좋아하지만'이라고 쓰지 않으면서 내성적인 건 왜 '내성적이지만'이라고 쓰냐고.

남편　아무래도 내성적인 건 일반적으로 단점으로 생각하니까.

나　그러니까 다들 내성적인 걸 단점으로 생각하게 된 게 다 이런 표현들 때문이야. 나만 해도 '내성적이고'가 아니라 '내성적이지만'이라고 해야 자연스럽게 느껴지거든. 어릴 때부터 자연스럽게 이런 말들을 접하면서 세뇌가 되는 거지. 남자와 여자의 성 역할에 세뇌되는 것처럼. 내성적인 건 단점이 아니니 어쩌니 하면서도 현실에선 모두가 이런 말들을 당연하게 쓰고 있으니 누가 단점이 아니라고 생각할 수 있겠어?

남편 단점이 아니라고 말하는 것부터가 사실 누구나 단점으로 생각한다는 뜻이기도 하지.

나 내 말이 그 말이야. 그런 말을 한다는 것부터가 본인부터 단점으로 인식하고 있었다는 거지. 사실 그런 말들은 양반이야. 우리 어렸을 때는 대놓고 성격 개조니 뭐니 하면서 '내성적 성격을 고쳐라', '내성적 성격을 고치려면' 어쩌고 하는 말들이 많았잖아. 고치라니? 고친다는 건 잘못되거나 틀린 것을 바로잡는다는 뜻인데. 그러니까 그런 말들은 곧 너의 성격은 틀려먹었어,라는 말이 되는 거고.

남편 그래서 넌 틀려먹었다고 생각해 왔던 거야?

나 당연하지. 지금도 그래. '고친다'라는 강한 표현은 잘 쓰지 않게 되었지만 지금도 '내성적 성격을 극복하려면' 같은 말들은 당연하게 쓰이거든. 사실 표현에서 거부감이 덜할 뿐 똑같은 말이지.

나라는 존재에 대해

죄책감을 느끼고

자존감이 낮아지는 일은,

사회에서 보이지 않게 거부당하는

사소한 일들이 쌓여가면서

완성되는 일이다.

희극명사와
비극명사

다자이 오사무의 《인간 실격》에는 '희극 명사, 비극 명사 알 아맞히기 놀이'라는 것이 나온다. 말 그대로 어떤 단어가 희극 쪽인지 비극 쪽인지 알아맞히는 놀이다. 이는 책 속에만 나오는 놀이가 아니었다. 실제로 우리가 쓰는 언어는 희극 명사거나 아니면 비극 명사다.

성격에 있어서 희극 명사와 비극 명사의 구분은 어렵지 않다. 어쩌면 일 초의 고민도 없이 가장 빠르게 대답할 수 있는 영역인지도 모른다. '내성적'은? 당연히 비극 명사다. 그래서 '내성적이고'가 아니라 '내성적이지만'이 된다.

비극 명사로 둘러싸인 사람인 나는 어른이 되어서까지도 나를 제대로 설명하지 못했다. 아니, 나를 나쁘지 않게 설명할 수 있는 말을 찾지 못했다. 한때 나는 '마음의 왼손잡이'라는 말을 떠올리기도 했다. "나는 마음의 왼손잡이입니다"라고 나를 설명할 수 있지 않을까. 왼손잡이를 열등한 존재로 보고 왼손잡이를 어떻게든 오른손잡이로 고쳐주려고 했던 옛날의 사고방식이 지금 내성적인 존재를 대하는 사고방식과 비슷하게 느껴졌다. 그러나 '마음의 왼손잡이'라는 말은 나를 충분히 설명하지 못하는 느낌이 들었다. 나는 어쭙잖은 희극 명사로 나를 포장하고 싶은 것이 아니었다.

나는 나를 둘러싼 처절한 비극 명사들을 껴안고 싶었다. 그래서 나는 '내성적'이라는 비극 명사를 그대로 쓰기로 했다. 비극 명사가 아니라 희극 명사라고 우겨보기로 했다. 나 혼자 우기는 것이라 해도 한번 끝까지 우겨볼 것이다. 이건 나 한 사람만 설득해도 이기는 게임이니까.

사회 밖으로 나를 밀어낸 건
언어였다

나는 언제나 사회에 속하지 못하고 겉돌았다. 생각해보면 내가 내성적이라고 해서 나를 사회 밖으로 밀어낸 사람은 아무도 없었다. 나를 밀어낸 건 사람이 아니라 언어였다. 나는 어떤 말을 들을 때마다, 혹은 어떤 글을 읽을 때마다, 작아지고 또 작아졌다. 나는 혼나지 않고도 혼난 사람처럼 늘 기가 죽어 있어야 했다.

그 때문이었을까, 외향성과 내향성은 나에게 우열의 문제거나 옳고 그름의 문제였다. 어떻게 그렇지 않다고 생각할 수 있을까. 나는 언어의 힘에 굴복하고 사회의 힘에 복종하고 마는 무력하고 하찮은 인간일 뿐이다.

그러나 지금은 확신한다. 강아지와 고양이가 다른 것처럼 우리는 어느 한쪽이 틀린 게 아니라 다를 뿐이다. 애견인과 애묘인이 있는 것처럼 선호의 문제는 될 수 있어도 우열의 문제는 될 수 없다. 나는 이 당연한 사실을 알아차리는 데에 내 인생의 절반을 썼다. 나머지 인생의 절반은 이 사실을 잊지 않는 데에 쓰고 싶다. 조금이라도 방심하는 순간 언어가 그리고 사회가 나에게 틀린 인간이라는 낙인을 찍으려 들 것이므로.

나를 밀어낸 건

사람이 아니라 언어였다.

나는 혼나지 않고도

혼난 사람처럼

늘 기가 죽어 있어야 했다.

나는 왜

이 모양일까.

살면서 수십 번

아니 수백 번

죽음을 생각했다.

되돌아보니

나를 벼랑 끝으로

몰아붙인 건

'할 수 있다'는 믿음이었다.

나를 살린 말은

'할 수 있다'가 아니라

'할 수 없다'는 말이었다.

나는
내성적으로
살기로
했다

성격은
언제 결정될까

"아기 때는 잘 울지도 않고 얼마나 순했는데. 정말 순하고 수월한 아이인 줄 알았더니 깜빡 속았다니까."

언니가 천방지축인 아들을 두고 푸념을 했다. 나는 푸념 아닌 푸념으로 들렸다. 그 이유는 내가 바로 그 수월한 아이였기 때문이다.

엄마가 나에게 하는 단골 칭찬 중 하나가 '수월한 아이였다' 인데, 나는 이 말 역시 칭찬 아닌 칭찬으로 들린다. '수월하다' 는 '얌전하다'와 비슷한 느낌이다. 정적이고 얌전한 성향이라

손이 많이 가지 않지만 키우는 재미도 별로 없었을 것 같다. 사실 누가 어떤 칭찬을 하더라도 나는 의심부터 든다. 나를 놀리는 건가, 아니면 반어법인가. 기어코 칭찬이 아닌 쪽으로 해석하고 나서야 의심을 멈춘다. 나도 내가 정상이 아니라는 걸 안다. 나는 스크류 바처럼 배배 꼬인 데다 나 자신을 못 잡아먹어서 아주 안달이 난 인간이다.

아무튼, 수월하지 않은 조카 이야기로 돌아가자면, 언니 말마따나 정말이지 우리는 깜빡 속았다. 조카가 젖먹이였던 시절에는 어찌나 순하던지, 잠을 못 자서 졸릴 때도, 기저귀가 축축해졌을 때도, 낯선 사람들이 달려들어 안아볼 때도 우는 법이 없었다. 조카는 인자한 얼굴의 돌부처처럼 늘 평온한 표정으로 가만히 누워 있었다. 딱 한 가지 경우, 배가 고플 때만큼은 목청을 높여 기운차게 울어댔지만. 덕분에 아기가 왜 우는지 몰라 안절부절못할 때는 없었다.

그랬던 아기가 크면서 백팔십도 돌변했다. 시작은 몸을 움직일 수 있게 되면서부터였다. 한시도 가만히 있질 않고 꿈틀대더니, 급기야 돌도 채 안 되어서 뛰어다니기 시작했다. 돌잔치 때는 그라운드를 누비는 축구 선수처럼 쉴 새 없이 뛰어다니는 바람에 돌잔치에 막상 주인공이 없는 초유의 사태를 만들었다. 언제 어디로 튈지 모르는 아이를 잡으러 다니는 술래는 당연히 어른들의 몫이었다. 특히 정적인 인간인 나로서는 조카 아이의 활기가 부럽고 흐뭇하면서도 한편으로는 버거웠다.

확실히 그랬다. 누가 안아도 가만히 있는 수월한 아기였던 조카는 점점 감당하기 힘들 만큼 활동적이어서 수월하지 않은 아이로 커갔고, 엄마한테서 떨어지면 울고불고 난리가 나서 돌 사진도 찍지 못할 만큼 수월하지 않은 아기였던 나는 집에 가만히 붙어있고 얌전해서 수월한 아이로 커갔다. 왜 수월한 아기는 수월하지 않은 아이가 되고, 수월하지 않은 아기는 수월한 아이가 되었을까?

어느 날, 성격에 관한 한 TV 다큐멘터리를 보다가 그 답을 찾았다. 유아 기질 연구에 평생을 바쳤다는 심리학자 제롬 케이건 교수는 자신의 실험에 대해 이렇게 설명했다.

"우리는 태어난 지 16주가 된 유아 500명을 모집하였습니다. 각각의 아이들을 실험실로 오게 한 후에 우리는 낯선 환경을 만들어 주었습니다. 예를 들면 형형색색의 장난감을 아이들의 얼굴 앞에서 흔드는 거죠."

실험실에서는 아기들의 눈앞에서 형형색색의 모빌을 흔들거나 코앞에 알코올을 묻힌 면봉을 갖다 대거나 귀 옆에서 갑자기 풍선을 터트렸다. 그러자 아기들의 반응은 크게 두 부류로 나뉘었다. 팔다리를 크게 휘젓거나 울음을 터트리는 등 강한 반응을 보이는 아기와 가만히 앉아서 별다른 반응을 보이지 않는 아기. 케이건 교수는 이를 '고 반응'과 '저 반응'으로 불렀다.

그럼 고 반응의 아기와 저 반응의 아기 중 어느 쪽이 수월한 아이일까? 울고불고 난리인 아기와 돌부처처럼 가만히 있는 아기 중 어느 쪽이 내향적인 아이로 자라날까?

얼핏 생각하면, 움직임이 많고 소리를 내는 등 눈에 띄는 반응을 보이는 아기가 외향적인 아이이고 가만히 앉은 채 별 반응이 없는 아기가 내향적인 아이일 것 같다. 그러나 결과는 정반대로 나타났다. 반응이 강한 쪽이 내향적인 아이로, 반응이 약한 쪽이 외향적인 아이로 자라난 것이다.

이는 낯선 환경에 대한 거부감 혹은 낯선 환경에서 받는 스트레스라는 측면에서 생각하면, 지극히 자연스러운 결과다. 내향적인 사람은 새롭고 낯선 것을 대하면 예민해지고 신경에 거슬린다고 느끼기에 강한 거부 반응을 보이는 반면, 외향적인 사람은 낯선 환경에도 전혀 신경이 거슬리지 않고 평소와 다름없는 평온한 상태를 유지하기에 별 반응을 보이지 않는 것이다.

고 반응성의 아이가 낯선 것에 신경이 거슬린다고 느끼는 이유는 자극을 잘 받는 편도체를 타고났기 때문이다. 편도체가 자극을 잘 받을수록, 낯선 상황에 부딪혔을 때 심장박동이 빨라지고 성대가 긴장하고 스트레스 호르몬이 더 많이 분비되는 등 몸에서 거부 반응이 강하게 나타난다. 이러한 기질은 심지어 태어나기 전에도 알 수 있다고 한다. 매우 활발한 심장 활동을 보이는 태아가 고 반응의 아이가 될 확률이 높다는 것이다.

제롬 케이건 교수의 이 실험은 나에게 혁명이었다. 이 실험을 접하기 전까지 나는 성격이란 상당 부분 만들어지는 것이라고 생각했다. 내가 다른 환경에서 자랐다면 지금과 다른 성격이 되었을지도 모른다고 생각했다. 프로이트의 주장처럼 성격이 어린 시절의 경험에 의해 빚어지는 것이라면, 어린 시절의 경험이 성격 형성에 결정적이라고는 해도 한번 빚어진 찰흙을 다른 모양으로 빚어내는 것도 불가능하지는 않다고 생각했다.

그러나 케이건 교수의 실험 결과에 따르면, 성격이란 어린 시절에 형성되는 것이 아니다. 성격이란 태어나기 이전에 이미 결정되어 있는 것이다. 인종이 결정되고 성별이 결정되고 혈액형이 결정되듯이 성격이 결정된 것이다. 내향적으로 태어났다면 외향적이 되려고 노력한다고 해서 될 수 없다는 뜻이다. 물론 노력한다면 외향적으로 보일 수는 있다. 그러나 외향적이 될 수는 없다. 나는 찰흙 인형이 아니었고, 성격이란 노력의 영역이 아니었다.

어쩔 수 있다는 믿음은
어떻게 폭력이 되는가

나는 불행했다. 나는 내성적이라는 사실 때문에 자주 불행해지곤 했다. 아니다. 나는 그 때문에 불행하다고 착각하곤 했다. 나를 진실로 불행하게 했던 것은 내성적이라는 사실보다 외향적이 될 수 있다는 믿음이었다. 그 믿음이 나를 불행하게 했고, 나를 사랑할 수 없게 했다.

어린 시절 유행했던 학원 중에 웅변학원이 있었다. 지금으로 치면 스피치 학원이다. 웅변학원에서 주로 내세운 것은 '성격 개조'라는 프레임이었다. 당연히 내성적인 성격을 외향적으로 개조한다는 말이다. 당시 많은 부모들이 웅변학원을 보내거나 태권도 학원을 보내는 식으로 아이의 내성적인 성격을 고쳐주려 했다. 지금도 아마 크게 다르지 않을 것이다.

나는 웅변학원도 태권도 학원도 싫었고 대신 서예학원을 다니고 싶었다. 부모님은 나에게 관대한 편이어서 결국 나는 혼자 서예학원을 다닐 수 있었지만, 그런 학원들의 분위기는 나에게 고스란히 배어들어 왔다.

나는 그런 분위기 속에서 성격은 바뀔 수 있다는 믿음을 자연스레 습득했다. 성격이란 노력으로 반드시 바꿔야 하는 것이라고 생각했다. 그리고 그 후로 수십 년이 흐른 지금까지도 나는 성격을 바꾸지 못했다. 나는 나를 도저히 사랑할 수 없었다. 자존감은 매일매일 허물어졌고, 대신 그 자리에는 성격 하나도 바꾸지 못하는 나에 대한 혐오감만이 차곡차곡 쌓여갔다.

어쩔 수 없는 것을 어쩔 수 있다고 믿게 만드는 것은 그렇게 희망이 아닌 폭력이 된다. 그 폭력에서 나는 피해자이자 가해자가 된다. 나는 나에게 폭력을 행사한다. 상대에게 직접 행사하는 폭력이 아니라 자기 자신에게 스스로 폭력을 행사하게 만든다는 점에서 얼마나 교묘하고 또 얼마나 서글픈지.

우리를 괴롭히는 것은 어쩔 수 없는 것이 아니라 어쩔 수 있는 것이다. 어쩔 수 있었는데 어쩌지 못했던 것이거나 어쩔 수 있는데 어쩌지 못하는 것이야말로 우리를 고통스럽게 한다. 우리는 왜 다른 사건들보다 유독 세월호에 고통스러워할까. 배가 가라앉는 과정을 전 국민이 실시간으로 목격함으로써 어떻게든 구할 수 있었다는 생각을 모두가 갖게 되었기 때문이다. 집값이 날로 상승해갈 때 가장 괴로워하는 사람은 누구일까. 집을 살까 말까 고민했던 이들, 즉 집을 살 수도 있었던 사람들이다. 우리는 왜 노력을 거부하고 '노오력'이라는 말로 비아냥댈까. 어쩔 수 없는 것을 어쩔 수 있다고 믿게 만드는 것이 얼마나 잔인한 폭력인지 온 삶으로 아프게 느꼈기 때문이다.

외향성이란 부단히 노력해서 습득해야 하는 능력이 아니라는 것. 나는 이 사실을 깨닫고 나서부터 아무리 해도 외향성을 습득하지 못하던 나 자신과 화해하기 시작했다. 오늘 새로운 사람을 만나는 것보다 어제 만난 사람을 오늘 또 만나는 것을 좋아하는 나를 이해하게 되었고, 면접관 앞에서 머릿속이 하얘져서 얼어붙은 채 대답도 제대로 하지 못하고 나와야 했던 한심한 나를 용서하게 되었다. 모든 '처음'에 설렘을 느끼기보다 두려움을 느끼는 탓에 무엇이든 지레 겁부터 먹고 망설이는 나를 덜 다그치게 되었다. 그리고 이런 나를 들킬까 봐, 남들은 다 큰 어려움 없이 해나가는 듯한 일상조차 나에게는 신경이 곤두서고 힘겨운 과제가 되고 만다는 사실을 들킬까 봐, 못하는 것을 할 수 있는 척하며 매일매일 무리하던 일들도 그만두었다. 내가 지독하게 내성적인 인간이라는 사실을 뒤집기 위한 발버둥을 그만두고 어쩔 수 없는 나를 받아들이기로 했다. 그러니까 나는 그냥 내성적으로 살기로 했다.

나를 불행하게 했던 것은

내성적이라는 사실보다

외향적이 될 수 있다는 믿음이었다.

그 믿음이 나를 불행하게 했고,

나를 사랑할 수 없게 했다.

물구나무서기를
못하는 사람

가끔 이렇게 말하는 사람들이 있다. "나는 원래 내성적이었는데 노력해서 성격이 바뀐 거야"라고.

글쎄. 정말 성격이 바뀌었을지도 모른다. 중간 지점쯤에 있는 사람이라면 어느 쪽으로도 유연하게 움직일 수 있다. 극단적인 경우라도 절대 노력으로 바꿀 수 없다고는 차마 말하지 못하겠다.

어쩌면 성격 바꾸기란 물구나무서기 같은 것이 아닐까. 노력하면 물구나무서기도 물구나무서서 걷기도 가능하다. 그러나 누군가 가능하다고 해서 누구나 할 수 있는 일은 아니다. 또

한 가지 중요한 사실은 물구나무서서 걷기를 할 수 있는 사람이 똑바로 걸으면 훨씬 여유롭게 잘 걸을 수 있다는 점이다. 물구나무를 서느라 온갖 신경과 에너지가 집중되어 내가 걷고 있는 풍경을 제대로 볼 수조차 없다면, 나는 차라리 물구나무서기를 못하고 싶다.

성격 바꾸기란

물구나무서기 같은 것이 아닐까.

힘들지 않은
노력을 찾는 거야

나   요즘 베스트셀러 제목 중에 이런 게 있어, 하마터면
        열심히 살 뻔했다!

남편   하마터면 열심히 살 뻔했다,라고?

나   어때, 재밌지?

남편   응. 잘 지었다. 제목이 확실히 끌리긴 하네.

나   요즘 대세는 '노력하지 않기'인가 봐. 이런 류의 책
        들이 다 인기야.

남편   그런 책을 낸 사람들도 다 책을 낼 만큼 노력한 거
        아닌가? 자기는 열심히 살아서 책까지 냈으면서 열

심히 안 사는 것처럼 말해서 다른 사람들까지 열심
히 살지 않게 하는 건 좀 무책임한 거 같아.

나　요즘 세상이 열심히 사는 사람 바보 만드는 세상이
니까. 노력한다고 해도 달라지는 게 없는 세상이기
도 하고.

남편　그렇긴 해도 개인이 할 수 있는 건 결국 노력뿐이잖
아. 별로 달라지고 싶지 않다면야 아무 문제 없지
만, 자신이 달라지고 싶다면 말이야. 노력한다고 다
달라질 수 있는 건 아니지만 달라진 사람은 어떻게
든 노력한 사람이니까.

나　음. 나는 노력이라는 말이 너무 꼰대들의 말이 되어
버린 게 문제 같아. 노력이라는 말이 이제 뭔가 후
진 느낌이 들어. 젊은 사람들은 그런 데에 민감하니
까, 노력해보고 싶은 사람도 노력하지 못하게 만드
는 분위기랄까.

남편　이러다 노력이라는 말이 사어가 되겠다. 옛날에는
보릿고개라는 게 있었어,라고 말하는 것처럼 옛날
에는 노력이라는 말이 있었어, 하고 말하는 거지.

나　진짜 그럴지도 모르겠네.

남편 그런데 노력을 부정하는 책들에 담긴 내용이 말이야, 난 안 봐서 모르겠지만 아마도 진짜 노력하지 말라는 아니겠지?

나 남들이 하는 노력이나 남들이 하라는 노력을 하지 말라는 거 아닐까? '너만의 노력'을 하라는 말 같은? 그런데 그렇게 말하는 것보다 노력하지 마, 노력해봤자 안 되는 세상이거든, 하고 말하면서 시작하는 게 자극적이고 관심을 끌기도 좋으니까 다들 그렇게 말하는 거겠지. 너만의 노력을 하라는 말보다 노력하지 말라는 말이 훨씬 매력적이기도 하고.

남편 너만의 노력을 하라고 하면 다들 노력하라는 말보다 더 싫어할걸. 나만의 노력이라니 도대체 뭘 하라는 거야, 라고 혼란스러워지니까. 그냥 남들이 하라는 노력을 하는 게 생각할 필요도 없고 훨씬 편하지.

나 나는 '나만의 노력'을 찾을 수 있는 방법을 알아.

남편 그게 뭔데?

나 힘들지 않은 노력을 찾는 거야.

남편 힘들지 않은 노력이라고?

나 응. 노력에는 힘든 노력이 있고 힘들지 않은 노력이
있다고 생각해. 힘든 노력이란 어쩔 수 없는 부분
에서의 노력인데, 아무리 해도 달라지지 않는 영역
이거나 아니면 나한테 영 맞지 않는 일인데 어떻게
든 해보려고 애쓰는 경우야. 반면 힘들지 않은 노력
이란 어쩔 수 있는 부분에서의 노력으로, 달라질 수
있는 영역에서 나에게 잘 맞는 일을 하면서 더 잘해
보려고 애쓰는 경우지.

남편 음.

나 개인적인 예를 들면 말이지. 나는 하루 종일 새로운
사람들을 만나고 수다를 떨어야 하는 일이라면 아
무리 돈을 많이 준다 해도 극한 직업처럼 느껴질 거
야. 그런데 그런 일을 즐기고 좋아하는 사람들도 많
잖아. 반대로 나는 하루 종일 가만히 앉아서 책을
읽는 일이라면 방구석에서 귤을 까먹는 일처럼 느
껴지거든. 하루 종일이 아니라 평생도 그렇게 살 수
있을 것 같아. 그런데 하루라도 가만히 있으라고 하
면 갑갑해서 미쳐버릴 것 같은 사람들도 분명 있을
테니까. 그러니까 나한테 사람들을 만나는 일은 힘

든 노력이고 책을 읽는 일은 힘들지 않은 노력인 셈
이지.

남편 나는 하루 종일 게임하는 일이라면 전혀 힘들이지
않고 할 수 있어. 하면 할수록 확실히 더 잘하게 되
기도 하고. 그럼 나만의 노력은 게임을 하는 건가?

나 그런 건 안 돼.

남편 아니, 왜? 왜 안 되는데?

나 모든 사람들이 힘들지 않고 할 수 있는 일은 안 돼.
게임은 대부분의 사람들이 재미있어하잖아, 중독될
만큼 재미있도록 만들어져 있으니까. 다들 게임에
빠지지 않으려고 꾹 참고 안 하는 거지, 아니면 아
직 게임에 맛을 들이지 않아서 안 하는 거거나. 게
임을 해서 득이 된다고 한다면 하루 종일 게임만 하
면서 살 수 있는 사람들이 넘쳐날걸. 누군가에게는
사람 만나는 일이 노동이고 또 누군가에게는 독서
가 노동으로 느껴지는 것처럼, 게임을 노동처럼 느
끼는 사람들도 있어야 하는데, 그런 사람이 과연 얼
마나 있겠냐고. 그렇게 누구나 힘들지 않은 일은 힘
들지 않은 노력이 아니야.

남편 누군가는 힘들어하지만 나는 힘들지 않은 일이어야 된다?

나 응. 힘들지 않은 '일'이 아니라 힘들지 않은 '노력'이라고 한 건 그 때문이야. 사실 본인한테는 별로 노력하는 것 같지 않아야 돼. 나는 전혀 힘들지 않고 계속하고 싶은 재미있는 일이니까. 그런데 '노력'이라는 말을 붙이는 건, 남들이 볼 때는 노는 게 아니라 열심히 하는 걸로 보이는 일이어야 하니까. 하루 종일 게임하는 사람을 보고 아이고, 열심히 하네, 라고는 아무도 하지 않지만 하루 종일 책 읽는 사람을 보고는 열심히 하네, 라고 말하겠지? 나는 열심히 하는 게 아니라 그냥 그게 좋으니까 별생각 없이 하는 것뿐인데. 그런 일을 찾아야 돼.

남편 그러니까 결국 나만의 노력이란 건, 남들이 봤을 때 얘기고 내 기준에서는 노력하지 않은 거네? 그러니까 노력하지 않으면서도 노력하는 걸로 보일 수 있는 꼼수를 쓰라는 말이군.

나 뭐 그렇다고 볼 수 있지.

우리를 괴롭히는 것은

어쩔 수 없는 것이 아니라

어쩔 수 있는 것이다.

어쩔 수 있었는데 어쩌지 못했던 것이거나

어쩔 수 있는데 어쩌지 못하는 것이야말로

우리를 고통스럽게 한다.

우리는
못하는 게 없다

예전에 동양인과 서양인을 대상으로 한 어떤 실험을 본 적이 있다. 다양한 문제를 풀게 하고 결과를 가르쳐 준 후, 다음으로 어떤 문제를 풀 것인지 선택하게 하는 실험이었다. 높은점수를 받은 문제와 낮은 점수를 받은 문제, 당신은 어느 쪽의 문제를 더 풀고 싶은가? 그때 서양인은 자신이 잘했던 문제를 더 풀려고 했고, 동양인은 자신이 못했던 문제를 더 풀려고 했다.

우리는 남보다 뒤처지는 것을 두려워한다. 자신이 못하는것을 붙들고 조금이라도 더 잘하기 위해 노력하고 또 노력한다. 활발하고 외향적인 아이는 ADHD인지 걱정하며 공부에 집중시키려고 하고, 내성적인 아이는 웅변학원을 보내거나 사람 많은 곳에 던져놓으며 사회성을 키워주려 한다.

결과적으로 우리는 못하는 게 없다. 우리는 못하는 게 없으면서도 잘하는 것도 없다고 느낀다. 우리는 모두 못하는 게 없는 '대단한 평균 인간'이 되어간다.

우리의 평균은 얼마나 더 높아질까. 우리는 얼마나 더 대단해져야 뒤처지는 두려움에서 벗어날 수 있을까.

.

우리는 못하는 게 없으면서도

잘하는 것도 없다고 느낀다.

우리는 모두 못하는 게 없는

'대단한 평균 인간'이 되어간다.

나는 왜

관심받기 싫을까.

싫은 마음은

정말 싫어서 드는 걸까.

어쩌면

우리가 끔찍하게

싫은 것이야말로

우리 욕망의

정점일지도 모른다.

주인공이
될 수
있을까?

이야기를
좋아하지 않는 이유

나는 이야기를 좋아하지 않는다. 여기서 이야기란 소설이나 드라마처럼 어떤 줄거리가 있는 이야기를 말한다. 작가가 된 주제에 이야기를 좋아하지 않는다는 고백을 하기가 내키지는 않지만 사실이다. 지금도 소설 같은 건 다른 장르의 책에 비해 선뜻 손이 가지 않는다. 드라마나 영화와도 그다지 친하지 않다. 영화는 계절이 바뀔 때마다 한 번씩 보는 수준이고, 처음부터 끝까지 챙겨본 드라마라면 한 손에 꼽을 수 있을 정도다(외국 드라마라면 제법 보았지만, 그것도 재미 때문이라기보다 외국어 공부 때문이었다).

아무튼, 내가 이야기를 즐기지 않게 된 데에는 나름의 이유가 있다. 그 이유란, 어렸을 때부터 그 어떤 이야기도 내 이야기 같지는 않았기 때문이다. 우리가 이야기에 빠질 때는 대부분 알게 모르게 등장인물 중 누군가와 자신을 동일시하기 마련이다. 어떤 한 인물에 몰입하여 그 인물이 겪는 사건을 내가 겪는 것처럼 감정 이입하는 것이다. 주인공이 수모를 겪으면 내가 당한 것처럼 악역을 욕하고 주인공이 사랑에 빠지면 나도 사랑에 빠진다. 이때 그 인물은 자신과 비슷한 처지거나 비슷한 캐릭터여야 한다. 가령 나이, 성별, 취향, 가정환경, 성격, 직업 등 다양한 요소 가운데 자신과 닮은 부분이 많을수록 우리는 이야기에 빠져든다. 나는 이들 중 성격에 대해서 말하고자 한다.

내가 여자아이였기 때문에 남자보다는 여주인공에 관심이 많았는데 만화영화든 명작동화든 어떤 이야기에서나 여주인공은 밝고 씩씩했다. 빨강 머리 앤은 밝고 낙천적이며 수다스러운 성격이고, 들장미 소녀 캔디는 '외로워도 슬퍼도 울지 않는' 밝고 씩씩한 성격이다. 달려라 하니의 하니는 선머슴 성격에 말괄량이다. 작은 아씨들에는 다양한 성격을 지닌 네 자매가 나오지만 그중 주인공은 활달하고 말괄량이인 둘째 '조'다. 알프스 소녀 하이디는 주위 사람들의 성격까지 바꿔줄 만큼 밝고 명랑하다.

반면 밝지 못한 성격의 사람은 주인공을 빛내주기 위한 희생양이거나 아니면 구제해야 할 대상으로 묘사된다. 빨강머리 앤에서 앤을 입양한 남매인 무뚝뚝한 매튜와 냉소적인 마릴라는 앤을 만나면서 조금씩 달라지고 앤의 뒷바라지를 위해 죽을 때까지 희생하는 존재다. 알프스 소녀 하이디에서도 무뚝뚝했던 하이디의 할아버지나 어두운 성격이었던 클라라가 하이디로 인해 점차 밝아진다.

크면서 보게 된 드라마에서도 별반 다르지 않았다. 같은 인물을 복사해 넣고 설정만 바꾼 것처럼 드라마 속 여주인공은 열에 아홉이 캔디형이었다. 어떤 상황에서도 밝고 명랑하고 씩씩하게 살아가면서 다른 사람들의 마음을 흔들어놓는 존재. 그에 반해 나는 누군가의 마음을 흔들기는커녕 내 마음의 번뇌만으로도 매일 괴로워하는 어두운 성격의 소유자였다.

나는 캔디처럼 주변 사람에게 미움을 받아 본 적도 없었다. 누군가에게 미움받을 만큼 강한 존재감을 드러낸 적이 없기 때문이다. 그러니 도대체 드라마 속 주인공과 나를 동일시할 수가 없었다. 너 같은 사람은 절대 주인공이 될 수 없어, 라고 계속해서 사회에서 배제당하는 느낌이었다.

이처럼 소외감을 주는 드라마들에 흥미를 잃고 있을 때 눈에 띈 드라마 제목이 있었으니, 그건 바로 '내성적인 보스'였다. 아, 드디어 내성적인 성격의 소유자도 드라마 주인공 자리를 차지할 수 있게 된 것인가. 드디어 시대가 바뀐 것인가. 그러나 드라마 내용과 등장인물 소개를 훑어보고 난 뒤 나의 기대는 실망으로 바뀌었다. 이 드라마 역시 똑같은 '캔디형 드라마'였다.

등장인물 소개를 보면, 보스인 남자 주인공의 성격은 '극도로 내성적인, 두문불출' 같은 말로 표현되어 있지만, 신입사원인 여자 주인공의 성격은 '닫힌 문을 두드리는, 깨발랄, 낯가림 제로, 상대방을 웃게 만드는, 쉬지 않고 떠들어댄다' 같은 말로 표현되어 있다. 이 얼마나 완벽한 신데렐라 스토리에 캔디형 여주인가.

내성적인 사람은 바뀌어야 할, 구제해야 할 대상이라는 점에서도 지금껏 반복된 스토리와 조금도 다르지 않다. 드라마

주인공의 시점을 여자에서 남자로, 구제하는 대상에서 구제되는 대상으로 바꾸는 바람에 헷갈렸을 뿐이다. '오베라는 남자'도 이와 비슷하다. 내성적이고 비사교적인 사람이 주인공으로 등장하는 색다른 이야기 같지만 결론은 같다. 소설의 줄거리를 한 줄로 요약하자면, 비사교적이고 까칠한 남자인 오베가 동네 사람들에 의해 조금씩 달라지며 구제되는 이야기 아닌가.

모든 이야기가 말했다. 네가 바뀌지 않는다면, 그래서 더 나은 인간이 되지 않는다면, 등장인물이 될 자격도 없다고. 바뀌지 않는 너는 구제 불능이라고. 지금 이대로의 너는 주인공이 될 수도 없고, 행복해질 수도 없으리라고. 마치 사람들과 시끌벅적하게 어울리는 사교적인 생활만이 유일한 행복이라는 듯이.

이야기가
폭력이 될 때

이야기는 말보다 힘이 세다. 말은 직접적이라 알아차리기 쉽지만 이야기는 간접적으로 교묘하게 우리를 흔들어놓는다. 때로는 칭찬처럼, 때로는 광고처럼, 아주 교묘하게 우리의 가치관에 영향을 끼친다. 바람직한 캐릭터란 무엇이고 바람직한 라이프스타일이란 무엇인가. 이야기는 이를 몸소 보여줌으로써 어떤 생각들을 우리에게 천천히 주입시킨다.

이야기는 권력이다. 이야기는 어떤 사람을 끌어들이고 어떤 사람을 소외시킬지 결정할 수 있다. 이야기에는 주인공이 될 수 있는 사람과 될 수 없는 사람을 구분하는 힘이 있다. 이야기가 다양성을 잃을 때, 이야기가 특정 부류의 사람들만을 주인공으로 삼을 때, 이야기는 즐거움이 아닌 폭력이 된다. 이는 성격만의 문제가 아니다. 예쁘고 멋진 사람만, 날씬하고 젊은 사람만 드라마 주인공이 되는 것이나 온통 재벌 이야기로 도배되는 것 역시 마찬가지다. 그동안, 가난한 사람이 주인공이 되는 경우는 대체로 그 주인공이 성공하는 이야기여야 했고, 뚱뚱한 사람이 주인공이 되는 경우는 대체로 그 주인공이 날씬해지는 이야기여야 했다. 가난한 사람이나 뚱뚱한 사람 역시 바뀌어야할, 구제해야 할 대상으로 인식되어 온 것이다.

이야기가 주인공이 누구인지를 결정하고 나면 주인공이 무엇을 할지도 결정한다. 대체로 주인공은 끊임없이 누군가를 만나고 사람들에 둘러싸여 살아간다. 주인공은 혼자 있는 시간이 없나? 주인공이 되려면 빨리 누군가를 만나야 할 것만 같다. 이야기를 만들어내려면 어쩔 수 없는 것 아니냐고? 혼자 있으면 무슨 사건·사고가 생기고 이야기가 생기겠냐고? 꼭 사건·사고가 생겨야 하나? 특별한 일이 없으면, 누군가와 만나서 대화를 나누지 않으면, 이야기가 안 되는 걸까?

'고독한 미식가'라는 일본 드라마는 중년의 아저씨가 혼자 맛집을 찾아다니는 것만으로도 현재 시즌 7까지 방영되었고 시즌 8도 준비 중이다(2019년 6월 기준). 대단히 흥미진진한 사건이 있어야만 이야기가 아니라 이런 방식의 이야기도 있다고 말해주는 것만으로도 충분하지 않을까. 많은 사람들과 함께하는 행복만 있는 게 아니라 이런 방식의 행복도 있다고 말해주는 것만으로도 충분하지 않을까.

주인공이 되려면

빨리 누군가를 만나야 할 것만 같다.

사람 많은 게
싫다고?

나　　　나 거기 가기 싫어.

남편　　왜 싫은데?

나　　　왜는. 사람 많은 건 질색이니까.

남편　　사람 많은 게 싫다고?

나　　　당연하지.

남편　　사람 많은 걸 싫어하는 사람은 네가 아니라 나야.
　　　　나는 사람 많은 곳에 가면 공기가 희박해지는 느낌
　　　　이 들고 온몸이 묶인 것처럼 갑갑해져. 다른 사람의
　　　　몸이 내 몸에 닿는 것도 질색이야. 그래서 대중교통

도 이용하지 않고 놀이공원 같은 북적이는 곳도 싫어하지. 영화관에서도 나는 무슨 일이 있어도 제일 끝자리만을 예매하거든. 한쪽이라도 트여있지 않으면 숨이 막히니까.

나 알아. 시크릿 가든에서 현빈이 연기했던 김주원이 영화관 한 줄을 통째로 예매한 거 보고 재미있어하는 게 아니라 진심으로 감탄했잖아. 저런 방법이 있구나, 부럽다, 하고.

남편 그런데 넌 나랑 달라. 사람 많은 곳에서 갑갑해 하거나 조금이라도 싫은 기색을 내비치는 건 본 적이 없어. 넌 사람 많은 걸 싫어하지 않아.

나 그거야 모르는 사람들이잖아. 모르는 사람은 신경 쓸 필요가 없으니 있어도 없는 거나 마찬가지니까.

남편 아는 사람이 많은 곳은 싫다?

나 응.

남편 그건 사람이 많아서 싫은 게 아니라 주목받지 못해서 싫은 거 아니야?

나 뭐? 무슨 말도 안 되는 소리야.

남편 모르는 사람들 사이에서 주목받지 못하는 건 당연

하니까 편안하게 느끼지만, 너를 아는 사람들 사이
에서도 전혀 주목받지 못하는 상황은 견딜 수 없는
거지.

나 말도 안 돼. 내가 주목받는 걸 얼마나 싫어하는데.
난 주목 받는 게 끔찍해. 내가 가장 끔찍하게 생각
하는 게 바로 주목받는 일이라고.

남편 과연 그럴까?

나 그렇다니까. 단적인 예로 말이야, 내가 주목받는 걸
좋아하면 누구보다도 결혼식을 하고 싶어 안달 난
사람이지 않았겠어? 그런데 내가 주장해서 우리 결
혼식 아예 생략해 버렸잖아. 스몰 웨딩이니 뭐니 하
면서 트렌드를 앞서가는 체했지만, 사실은 이렇게
생각했기 때문이야. 아, 모든 사람들의 주목을 한
몸에 받아야 하다니 이보다 끔찍한 일이 또 있을까,
결혼식을 꼭 해야 한다면 차라리 결혼을 포기하겠
어, 하고.

남편 그건 말이야……

나 그것도 평소 모습도 아니고 치렁거리는 드레스를
질질 끌면서 머리를 틀어올린 채 어색하게 웃으면

서 그 시간을 견뎌내야 하다니.

남편 그건 주목받는 게 싫어서가 아니라 주목받는 게 익숙하지 않아서일 뿐이야. 너한테는 익숙하지 않은 건 곧 끔찍한 것이니까.

나 그럼 내가 주목받는 걸 원한다고 말하고 싶은 거야?

남편 맞아, 내가 하고 싶은 말이 바로 그거야.

나 말도 안 돼. 도대체 무슨 근거로?

남편 주목받는 걸 싫어하는 사람이 있을까? 물론 긍정적인 주목일 때의 얘기야. 사람 많은 곳을 싫어할 수도 있고 주목받으면 지나치게 긴장해서 싫을 수도 있지만 주목받는 것 자체를 싫어할 사람은 거의 없지 않을까?

나 뭐 그것도 틀린 말은 아니지만, 그런 사람이 아예 없는 건 아니지. 바로 여기 네 눈앞에 있잖아. 나는 내가 주목받는 걸 싫어한다는 증거를 얼마든지 댈 수 있어. 나는 늘 외국에서 익명으로 살아가기를 꿈꿔왔어. 나를 아무도 모르는 곳에서 배경처럼 살아가고 싶었다고. 평생 여행자로 살아간다면 모를까 외국에서 살면 그곳에 또 아는 사람이 생길 수밖에 없다는 걸 깨닫고 꿈을 접었지. 그리고 나는 아는 사람뿐 아니라 모르는 사람한테도 주목받는 걸 끔찍하게 싫어한다고. 그래서 옷도 절대 튀지 않게 입는걸. 길 가다 1분에 한 번씩 마주칠 만큼 지겹도록 무난한 스타일로만 입는다고. 이래도 내가 주목받는 걸 좋아한단 말이야?

남편   네가 지금 증거랍시고 얘기한 것들이야말로 네가 주목받고 싶어 한다는 증거라고 할 수 있지.

나   뭐라고?

남편   주목이란 건 보통 긍정적인 주목과 부정적인 주목이 동시에 오지 않나? 넌 긍정적인 주목에 목마르기 때문에 부정적인 주목을 피하는 데에 집착하고 있는 거야. 주목받는 데에 아예 관심이 없는 사람이라면 주목받는 건 끔찍해, 라고 생각할 필요도 없지.

나   나는 부정적인 주목을 받은 적 없는데? 그냥 사람들의 눈길을 받는 것 자체를 싫어한다고.

남편   그러니까 넌 누군가의 눈길을 받는다면 그건 곧 부정적인 이유 때문이라고만 인식하는 거 아니야? 네게 오는 주목은 모두 부정적인 주목이라고만 생각하는 거지. 그게 아닐 수도 있는데, 넌 네가 긍정적인 주목을 받을 수도 있다는 사실을 믿지 못하는 거야.

나 음…….

남편 내가 보기에 넌 누구보다도 긍정적인 주목에 목마른 사람이야. 어릴 때 네가 원하는 만큼 충분히 주목을 못 받았다거나 아니면 부정적인 주목을 받았다거나 그랬던 거 아니야?

나 음. 굳이 따지자면 주목을 못 받은 편이야. 아무래도 가족이 많고 막내였으니까. 사실 나는 어디에서나 늘 언니들이 주목을 독차지한다고 느끼긴 했어. 친척들도 유난히 언니를 예뻐했지. 언니는 정말 예뻤고 살갑기까지 했으니까 지금 생각해보면 당연한 일이었어. 예쁘지도 않으면서 붙임성까지 없는 아이에게 누가 먼저 관심을 가지겠냐고. 맞아, 그러고 보면 나에게 관심이 올 때는 뭔가 부정적인 이야기가 나올 때뿐이었어. 가만 생각해 보니 정말 맞는 말이야. 나는 사실 주목받고 싶었던 거야. 그런데 내가 가진 걸로는 아무리 해도 긍정적인 주목을 받을 수가 없었어. 부정적인 주목이라면 가끔 받을 수 있었지만. 그래서 나는 주목받는 일 자체를 두려워하게 된 걸까. 그러면서 내 쪽에서 먼저 거부하는 것처럼 나는 주목받는 걸 싫어한다고 말하고 다녔다니. 아, 이런 걸 보고 정신승리라고 하는 건가.

날지 못하는 새

나는 부산 출신이다. 거침없고 목소리가 큰 사람들이 많은 곳. 어디 싸움 났나 싶어서 소리에 귀를 기울여 보면 그냥 대화를 나누고 있을 뿐인 우렁차고 활기찬 도시. 나는 그곳의 시끌벅적한 가정에서 자랐다.

어렸을 때부터 나는 말을 하고 싶어도 목소리가 나오지 않았다. 내 목소리는 날지 못하는 새 같았다. 어느 누구에게도 날아가지 못한 채, 새는 내 입 밖으로 나오자마자 날갯짓 한번 못하고 힘없이 바닥으로 떨어져 버리곤 했다.

어쩌면 나는 목소리를 잃어버린 인어공주가 아닐까? 그럴리가. 새를 잃어버린 그녀와 달리 나에겐 바닥으로 떨어지는 새가 분명 있었으니, 나는 결코 인어공주 같은 주인공이 아니었다. 그렇다. 나의 목소리는 나오지 않은 게 아니라 묻히거나 들리지 않는 것뿐이었다.

나는 콤플렉스로 책 한 권을 쓸 수 있을 만큼 많은 콤플렉스를 지니고 있는데 그중 하나가 바로 작은 목소다. 내 목소리는 자주 묻히고 자주 씹힌다. 목소리를 크게 내려고 하면 목소리가 갈라지기만 하고 목이 아프기 때문에 조용한 곳이 아니면 아예 입을 떼지 않게 되었다.

목소리 큰 사람이 이기는 세상에서 작은 목소리로 살기란 여간 힘든 일이 아니다. 같은 말을 해도 사람들은 목소리가 큰 사람만 기억하기 때문에 존재감도 없어진다. 어릴 때 친척 집에 가서 사람들이 북적이는 곳에서 한참 있다 보면 뒤늦게 외할머니가 엄마에게 묻곤 했다. "그런데 막내는 왔니?" 나는 줄곧 그 자리에 있었는데. 그때의 기분을 무어라 설명할 수 있을까. 아, 차라리 새를 잃어버렸으면. 나는 차라리 구석에서 굴러다니는 먼지 한 점이고 싶었다.

그동안 나는 주목받기 싫다고 생각해왔다. 주인공 같은 건 정말 끔찍하다고 진저리를 쳤다. 나는 도저히 될 수 없기 때문에 되기 싫다고 생각한 것일까. 아아, 나는 날지 못하면서 날아서 뭐 하냐고 큰소리치는 새이거나 저건 분명 신 포도라며 돌아서는 여우인 것일까.

나는
주인공이로소이다

나는 어떤 이야기도 내 이야기 같지 않아 감정 이입할 수 없었다고 말했지만, 그렇지 않은 이야기도 있었다. 내가 주인공에게 가장 감정 이입했던 이야기는 바로 나쓰메 소세키의 《나는 고양이로소이다》라는 소설이다.

이 소설의 주인공은 고양이다. 고양이는 주인공이지만 이야기(사건)의 주인공은 될 수 없다. 이야기(대화)에 끼어들 수조차 없다. 모든 이야기에서 고양이는 있으나 없는 존재다. 주인공임에도 철저하게 관찰자적인 입장과 관찰자적인 시선으로만 이야기를 서술할 수밖에 없다. 나는 그러한 고양이의 입장과 시선에 그 어떤 이야기보다 공감하며 매료되었다.

　나는 구석에 앉아 늘 사람들의 모습을 관찰하는 한 마리 고양이 같았다. 나는 내 인생의 주인공이면서도 주인공이 아니었다. 지금은 안다. 내가 주인공이 될 수 없었던 건 나의 존재 때문이 아니었다. 즉 내가 고양이어서가 아니었다. 내가 주인공이 되지 못했던 이유는 나의 시선 때문이었다. 나는 내 밖에 시선을 두기보다 내 안에 시선을 두어야 했다. 나는 내 안에 갇혀 있으면서도 시선은 줄곧 바깥을 향해 있었다. 관찰자적인 시선으로 세상이 아닌 나 자신을 바라보기 시작했을 때 나는 비로소 내 인생의 주인공이 되었다고 느꼈다.

　어쩌면 관심받지 못했던 건 당연한 일이다. 세상은 자신의 인생에서조차 주인공 역할을 해내지 못하는 엑스트라에게까지 관심을 줄 만큼 한가하지는 않은 법이니까.

나는 구석에 앉아

사람들의 모습을 관찰하는

한 마리 고양이 같았다.

나는 내 인생의 주인공이면서도

주인공이 아니었다.

나의 존재 때문이었을까.

아니다.

내가 주인공이 되지 못했던 이유는

나의 시선 때문이었다.

독자에서
작가가 되었다

첫 책이 세상에 나오게 되었을 때 나는 기쁨과 동시에 모순적인 불안을 느꼈다. 나는 책이 아무런 관심도 받지 못할까 봐 불안했다. 그와 동시에 나는 책이 사람들의 관심을 받을까 봐 불안했다. 도대체 내가 원하는 것이 무엇인지 스스로도 알 수 없었다. 유명인 중에서도 이처럼 모순적인 감정을 느낀 사람이 적지 않은 듯하다.

축구선수 박지성은 "축구는 잘하고 싶지만 유명해지고 싶지는 않다"라는 말로, 가수 이효리는 "유명하지만 조용히 살고 싶다"라는 말로, 화가 에드가 드가는 "유명해지고 싶지만 알려지고 싶지는 않다"라는 말로 이런 감정을 표현했다.

　나로 말하자면 결과적으로 달라진 건 아무것도 없었다. 인터뷰 한 번 하지 않았고 그 누구도 만날 필요 없었다. 나는 이름이 있는 작가로 존재할 필요 없었다. 나는 여전히 익명의 독자로서만 존재했다. 나는 상심했고 동시에 안심했다. 내 마음 깊숙한 곳에는 주목받기를 원하는 욕망이 있다. 그러나 그 반대편에는 낯선 시선들을 내가 도저히 감당해내지 못할 것이라는 두려움이 웅크리고 있다. 그래서 나는 관심을 원하면서 동시에 무관심을 원한다.

　최근 유튜브나 인플루언서 등의 영향으로 관심이 돈이 된다는 사실을 누구나 알게 되고 점점 의식하게 된다. 사람들의 관심을 끄는 일은 돈이 되고 능력이 된다. 달리 말하면 관심받지 못하는 사람은 곧 무능력한 사람으로 여겨지는 것이다. 지금과 같은 개인주의 시대에 타인의 관심을 더욱 원하게 된 건 그 탓인지도 모른다. 어쩌면 우리가 진정 두려워하는 것은 무관심이 아니라 무능인지도 모르겠다.

우리는 왜

비교를 할까.

비교하지 말라는 말은

나에게 아무런

도움이 되지 않았다.

차라리

무리하지 말라고,

도망치면 된다고

말해주길

바랐다.

나는
비겁하게
살아왔다

비교는
나의 고질병

요즘도 이런 말을 많이 쓰는지는 모르겠지만, 내가 어렸을 적 어른들이 하는 단골 농담 중 하나가 "너 다리 밑에서 주워왔다"였다. 나는 그 진부한 농담을 굉장히 그럴듯한 이야기로 들었던 기억이 있다. 왜냐하면 나는 지금의 가족과 유전자를 공유하는 일원이라는 사실이 믿기지 않을 정도로 도무지 닮은 구석이라고는 없었기 때문이다. 물론 나만의 생각이 아니다. 엄마 말로는, 나를 본 외할머니의 첫마디도 "얘는 아무도 안 닮았다"였다고 했다. '안 닮았다'에 숨은 의미 따위가 없거나 좋은 의미의 '안 닮았다'였다면 얼마나 좋았을까. 불행하게도 나의 경우는 둘 다 아니었다.

　나는 딸부잣집 세 자매 가운데 막내로 태어났다. 나와 하나
도 닮지 않은 우리 가족은 모두 인물이 출중했다. 아빠는 젊었
을 적 나갔다 하면 여자들이 집까지 졸졸 따라올 정도의 미남
이었고(말로만 들었을 때는 허풍이 아닌가 적잖이 의심했지만
젊은 아빠의 사진을 보고 난 후로는 납득할 수밖에 없었다), 엄
마 역시 심심찮게 미인 소리를 들었다.

　언니들로 말할 것 같으면, 첫째 언니는 전형적인 미인이고
둘째 언니는 중성적인 매력을 풍기는 미인이다. 어느 정도였냐
면, 첫째 언니는 고등학생 때 미용실에 갔다 하면 미스코리아
에 나가라고 추천할 정도로(당시에는 미용실이 미스코리아 에
이전트 같은 역할을 했다) 돋보이는 외모와 몸매의 소유자였
고, 둘째 언니는 여자 후배들을 팬으로 몰고 다니며 매일 선물
과 편지를 받는 여중·여고의 연예인이었다. 그러니까 그런 가
족들과 하나도 닮지 않은 나는 한마디로 군계일학이 아니라 군
학일계였던 것이다.

　당연하게도 나는 자라면서 밥 먹듯이 언니들과 비교를 당했
다. 때로는 "하나도 안 닮았네…"라는 줄임말로, 때로는 "언니

들은 키도 크고 완전 미인이시던데 넌 왜 그래?"라는 짓궂은 놀림으로, 때로는 그저 눈빛과 쑥덕거림으로. 나에게 비교당하는 일이란 사람을 만났을 때 안녕, 하고 주고받는 인사말과도 같았다.

물론 어른이 된 후에는 각자의 생활권이 분리되면서 어릴 때만큼 노골적인 비교를 당하는 일은 거의 없어졌다. 그러나 과거의 경험이 현재를 지배한다고 한 사람이 지그문트 프로이트였던가. '비교'는 나의 가치관에 문신처럼 남아 여전히 내 삶을 지배했다. 다른 누가 비교하지 않아도 나 자신이 비교했다. 친구와, 잘나가는 직장 동료와, 그것도 모자라 인기 여자 연예인이나 성공한 커리어 우먼에까지. 아, 비교는 나의 고질병이 되었다.

지독한 질병의 결과로 남는 것은 언제나 열등감이었다. 나에게 열등감이란 희로애락보다 익숙한 감정이다. 줄곧 열등감에 끌려다니던 나는, 언니라면 반대로 우월감을 느끼겠지, 하고 막연하게 믿어왔다. 그런 생각은 어쩌면 작은 위안이었다. 열등감이든 우월감이든 둘 다 좋을 건 없지만, 여자 아니면 남자인 것처럼 누구나 둘 중 하나는 껴안고 살 수밖에 없는 줄 알았다.

　그런데 아니었다. 우월감을 느끼는 사람도 언니가 아닌 나였다. 나의 숨겨진 우월감을 깨닫고 나는 나에게 역겨움을 느꼈다. 열등감을 느끼는 사람이 우월감도 느낀다. 비교당하는 대상으로서 존재하는 사람만이 열등감이나 우월감을 느끼기 때문이다. 비교당한 경험이 별로 없었던 언니는 고유한 존재로서의 정체성을 지니고 있었다. 여기서 중요한 것은 '당하는' 것이다. 안 좋은 기억으로서의 당함. 비교로 인한 상처가 남아있지 않다면 비교'당한' 것이 아니다. 비교당하지 않는 존재는 고유한(유일한) 존재다. 고유한 존재는 비교할 수 없는 존재이기에 자신을 누군가와 비교 선상에 놓고 생각하지 않는다. 누구와 있어도 '너는 너, 나는 나'로 존재할 수 있는 사람이다. 열등감이나 우월감이라는 감정을 크게 느끼지 않는 것이다.

　이를 깨달았을 때 이미 내 안에서는 비교 괴물이 거대하게 자라있었다. 목소리뿐인 괴물이지만 목소리뿐이기에 그 어떤 괴물보다도 강력했다. 괴물은 내 머릿속에서 끊임없이 비교하는 목소리를 내고 또 냈다. 나는 언제나 목소리에 시달렸다. 사람을 만나는 것이 무서워질 정도로.

더 생각하는 사람이
지는 게임

사랑은 더 좋아하는 사람이 지는 게임이라고 한다. 더 좋아하는 사람은 더 생각하는 사람이다. 상대에 대해 더 많이 생각하는 사람. 나에겐 비교도 늘 지는 게임이었다. 비교 역시 더 생각하는 사람이 지는 게임이니까.

나는 내가 괜찮은 부분에 대해서는 별로 관심이 없다. 나는 내가 모자란 부분에 대해서만 생각하고 또 생각한다. 늘 생각하고 있기 때문에 누군가 봤을 때도 그 부분만 보인다. 내가 늘 생각하고 있는, 내가 모자란 부분. 상대는 내가 생각하는 그 부분에는 별로 관심이 없다. 대신 본인이 모자란 부분을 생각하고 있을 테지. 어쨌든 나는 내가 미친 듯이 생각하는 것을 놓고 비교를 한다. 나는 매번 질 수밖에 없다. 비교는 역시 지는 게임이다.

도망치면서
배운 것

비교하지 않는 게 행복의 비결이라고? 비교당하는 대상으로 존재해본 사람은 안다. 남과 비교하지 말라는 말은 사랑하지 말라거나 외로워하지 말라는 말만큼이나 터무니없고 불가능하게 들린다는 것을. 대신 나는 애초에 비교 가능한 상황에 놓이지 않는 것으로 나를 지키려 했다. 구더기 무서워 장 못 담그는 꼴이라도 하는 수 없었다. 나는 비교 가능한 상황에서 도망치고 또 도망쳤다. 그렇게 나는 비겁하게 살아왔다.

사실 도망치는 순간에는 의식하지 못했다. 나의 도망 충동은 어떤 상황에서 알레르기처럼 일어나는 것이었다. 예를 들면 이런 것이다. 나는 남자 형제가 있는 남자와 교제한 적이 몇 번 있는데 그때마다 결국 도망쳤다. 그와의 결혼을 진지하게 고려했을 때, 며느리가 둘이라는 상황이 못내 꺼림칙했다. 시부모가 며느리를 두고 비교를 할 만한 인품인지 아닌지는 나에게 전혀 중요하지 않았다. 내가 무서운 것은 타인이 하는 비교가 아닌 나 자신이 하는 비교이니까. 물론 매번 그 하나의 이유만으로 도망친 것은 아니었지만, 그 사실은 나에게 무시할 수 없는 걸림돌이었다. 어느 날 갑자기 회사를 그만둔 것이나 유학을 떠난 것도 같은 맥락이었다. 회사라는 곳에 존재하는 한 나는 얼마든지 비교 가능하고 대체 가능한 인력일 뿐이었고, 아는 사람이 많은 곳에서는 그만큼 비교에 시달려야 했다.

이외에도 나는 여러 번 도망쳤다. 때로는 어떤 사람에게서 도망쳤고, 때로는 어떤 장소에서 도망쳤다. 돌이켜보면 나라는 사람에 대해 말해준 것은 내가 지킨 자리가 아니라 내가 도망친 자리였다. 내가 무엇을 견딜 수 없는지, 내가 무엇을 욕망하는지, 나에게 소중한 가치가 무엇인지, 나는 수없이 도망치면서 나라는 사람에 대해 배워갔다.

어쩌면 내가 가장 도망치고 싶었던 건 나 자신이었는지도 모른다. 그 하나를 견디는 것만으로도 나는 충분했다. 사실 지금도 나 자신을 견디고 있고, 그렇기에 나를 뺀 나머지는 얼마든지 도망쳐도 된다고 나에게 허락해주고 싶다. 어떤 이들에게는 비겁해야만 겨우 붙잡을 수 있는 소중한 무언가가 있는 법이다.

돌이켜보면

나라는 사람에 대해 말해준 것은

내가 지킨 자리가 아니라

내가 도망친 자리였다.

그와
결혼한 이유

책은 사람과 비슷하다. 책은 비교하기 힘들지만 비교된다. 엄연히 베스트셀러가 존재하고 순위가 매겨진다. 어떤 책은 수십만 명에게 읽히는 반면 어떤 책은 존재조차 알려지지 않은 채 묻힌다. 책은 유일하지만 유일하지 않다. 세상에 널린 게 책이다. 어떤 하나의 책은 유일하지만 그 책이 아니라도 읽을 책은 넘쳐나기에 어떤 책이든 대체 가능하다.

한 사람은 그저 지구상에 존재하는 수천억 권의 책 중 한 권에 지나지 않는다. 유일하지만 유일하지 않은. 가치 있지만 가치 있지 않은. 우리를 유일하고 가치 있는 존재로 만들어 주는 건 한 권의 책을 곁에 두고 틈날 때마다 읽으며 사랑하고 아껴주는 누군가를 만나는 일뿐이다.

나는 그 누군가를 하루빨리 만나고 싶었다. 나에게 연애란 누군가에게 펼쳐지는 일, 유일한 존재가 되는 일이었다. 펼쳐지지 않을 때의 정체 모를 불안감을 견디기 힘들었기에 나는 쉬지 않고 연애를 했다. 연애를 시작하는 이유가 유일한 존재이고 싶은 욕망 때문이라면 연애를 끝내는 이유 역시 대개 그 욕망 때문이었다. 아무리 끌리는 책이라도 하루 종일 펼쳐볼 수는 없는 노릇이거늘, 나는 그 마땅한 뜸해짐을 견디지 못했다. 그러니 누구와 연애를 해도 잘 될 리 없었다.

초등학교 동창이었던 남편과의 연애 역시 별다를 바 없어 보였다. 그에게 "나한테 넌 첫사랑이야"라는 말을 듣기 전까지는. 그가 '첫사랑'이라는 단어를 쓰지 않고 "어릴 때 너 좋아했어"라고만 말했다면, 어쩌면 그와 결혼까지 가지는 않았을지도 모른다. 어렸을 때 좋아했어, 라는 말과 첫사랑이야, 라는 말은 같은 말일 수 있지만 동시에 전혀 다른 말이다. 그 말을 들었을 때의 느낌이 그냥 클로버와 네잎클로버만큼이나 다르기 때문이다.

첫사랑이라니. 이보다 유일한 게 있을까. 이 사람에게는 유일한 존재가 될 수 있다는 확신이 그 어떤 화려한 조건보다도 나를 만족시켜 주었다. 나는 더 이상 그에게 유일한 존재가 아니게 될까 봐 전전긍긍하지 않아도 되었다. 계속해서 그에게 펼쳐지기 위해 안달복달할 필요도 없었다. 나는 아무것도 하지 않아도 괜찮은 편안함을 처음으로 느꼈다.

유일한 존재이고 싶은 강한 욕망. 나는 이 욕망이 어릴 때 잦은 비교를 당한 트라우마에서 기인했음을 안다. 트라우마만큼이나 강력한 행운으로 인해 나의 욕망은 채워졌다. 그러나 욕망은 채워지지 않았다. 어린 시절의 어떤 결핍은 욕망이 되고, 어떤 욕망은 채워지고도 채워지지 않는다. 인생이란 밑 빠진 독처럼 채워지지 않는 어떤 욕망과의 끝없는 싸움인 것이다.

비교하는 자의
행복법

　서른 남짓 되어 보이는 한 여자가 나온다. 여자는 집에서 와
인을 홀짝이고 감자 칩을 베어 먹으면서 TV 화면을 뚫어져라
쳐다보고 있다. TV에서는, 응급상황에도 문밖으로 나오지 못
해 119에 의해 구출 중인 160킬로그램 여성의 이야기가 흘러나
온다. 구출되는 여성의 손에도 우연처럼 와인과 감자 칩이 들
려 있다. 이는 내가 좋아하는 어떤 드라마의 첫 장면이다. 여자
주인공은 무슨 일이 있어도 이 프로그램을 거르지 않고 챙겨본
다. 이 TV 프로그램의 제목은 '세계의 비극(World Tragedy)'으
로, 그야말로 불행하기 짝이 없어 보이는 이들을 취재하여 보

여주는 프로그램이다.

어느 날은 여주인공의 동거인이 여느 때처럼 TV를 보는 그녀에게 말을 건넨다.

"이 프로그램을 좋아하나 봐요."

그녀는 화면에서 눈을 떼지 않은 채 답한다.

"남의 불행을 보면 마음이 놓이거든."

나는 이 장면을 잊을 수가 없다. 누군가는 심보가 고약하네, 라고 느낄지도 모르지만 나는 전혀 고약하게 느껴지지 않았다. 나는 슬프게 느껴졌다. 남의 불행이 필요하다는 건 내가 지금 불행하다는 증거니까.

비교라는 고질병을 앓는 이들은 특히 불행해지기 쉽다. 이들은 불행하게도 행복 또한 비교를 통해서만 얻을 수 있다. 나보다 불행해 보이는 사람을 보아야 상대적으로 행복을 느낄 수 있는 것이다. 그러나 이 방법으로 얻은 행복은 순간의 착각일 뿐 온전한 행복이 아니다. 남의 불행에 행복을 느낀다는 죄책감이 따라오기 때문이다. 죄책감을 느끼면서 어떻게 온전히 행복할 수 있을까.

나의 경험상 가장 좋은 비교법은 '가상의 나'와 비교하는 것이다. 나는 내가 더 불행해질 수도 있었던 경우를 상상한다. 내가 사고를 당해 몸을 다쳤을 경우를 상상하고, 옆에 있는 소중한 사람을 잃었을 경우를 상상한다. 실제로 그럴 뻔한 경우가 있다면 구체적으로 상상하는 데에 도움이 된다. 그때 그 순간 차를 피하지 못해 교통사고가 났다면 어땠을까. 그때 그 순간 아이의 목에 걸린 과일을 빼내지 못했다면 어땠을까. 나는 얼마나 더 불행해졌을까. 나는 나의 불행을 보고 마음을 놓는다.

고통은
비교할 수 있는가

나는 자주 위선을 떤다. 그중에서도 나의 위선을 가장 크게
느낄 때는 타인의 작은 고통을 들을 때다. 누군가 나에게 자신
의 힘듦에 대해 이야기할 때조차 나는 비교라는 고질병이 발병
한다. 내 손톱 밑의 가시가 가장 아프다는 말처럼 나에겐 나의
고통이 더 크게 느껴진다. 그 차이가 클수록 그의 말은 엄살에
가깝게 들린다. "복에 겨운 소리 하고 있네"라는 말을 내뱉지
않기 위해 애쓰며 나는 고개를 끄덕이는 위선을 떤다.

고통을 비교할 수 있을까. 행복은 2인분으로 오기도 하지만
고통은 철저히 1인분으로만 딸려온다. 1인분이기에 비교할 수

없고 1인분이기에 더욱 고통스럽다. 생각해보면 나는 그 사람과 똑같은 고통을 겪은 적이 없다. 똑같은 고통이란 있을 수 없으니까. 그런데도 마치 같은 고통을 겪은 사람처럼 나의 고통이 더 크게 느껴지고 그의 말이 복에 겨운 소리로 들리는 이유는 무엇일까. 나는 도대체 무얼 비교하고 있는 걸까.

나의 비교는 황당하게도 고통 이외의 부분에서 이루어진다. 고통은 보이지 않지만 조건은 보인다. 외면적인 조건, 그럴듯한 직업, 경제적인 수준 등 그 사람이 가진 여러 조건들이 나보다 훨씬 나아 보인다. 그러니까 그의 고통은 나보다 덜하다는 결론, 한마디로 노블레스 오블리주 식의 결론이다. 높은 신분에 높은 도덕적 의무를 지듯 좋은 조건을 가진 사람이라면 더 높은 고통적 의무라도 있다고 생각하는 걸까. 열등감은 종종 논리적인 사고를 무너뜨린다.

어쩌면 인기 연예인들의 고통에 공감하기 어려운 마음과도 비슷하다. 외모, 명예, 부 등 모든 걸 쥐고 있는 듯한 누군가의 자살 소식에 '아니, 대체 뭐가 부족해서'라고 생각한다. 그가 겪은 고통을 겪어본 적도 없으면서 나한테 그런 조건을 주면 훨씬 잘 살았으리라고 멋대로 생각한다. 그의 고통을 내멋대로 판단하고 과소평가한 결과 나오는 생각이다.

이처럼 비교라는 불치병은 남의 고통을 들을 때조차 나를 고통스럽게 한다. 남의 고통을 듣는 일은 곧 나의 열등감과 위선이 바닥까지 드러나는 일이기 때문이다. 그가 어떤 사람이든 그의 작은 고통에도 진심으로 귀 기울일 수 있는 사람이고 싶다. 나의 고통만큼이나 타인의 고통에도 예민할 수 있는 사람이고 싶다. 타인을 사랑하는 이타적인 마음이 아니라 나 자신을 싫어하고 싶지 않은 철저히 이기적인 마음 때문에.

나는

얼마나 더

불행해졌을까.

나는

나의 불행을 보고

마음을 놓는다.

나는 왜

돌발 상황이 불편할까.

나에겐 모든 대화가

돌발 상황이었다.

혼자가 되고야 알았다.

내가 정말 불편한 건

세상이나 타인이 아니라

나 자신이라는 걸.

나는
대화라는
놀이공원에
간다

우리 집 비밀번호를
공유한다면

　20대일 때 나는 결혼한 언니들의 집에서 오래 신세를 진 적이 있다. 친구들은 네가 왜 눈치 없이 부부 사이에 끼어있냐며 빨리 나오라고 구박을 했지만, 어쨌거나 의존적인 막내의 습성으로 나는 첫째 언니 집에서도 살아보고 둘째 언니 집에서도 살아보았다. 그중 첫째 언니네 집에서 방 한 칸을 차지하고 살았을 때의 일이다. 언니는 볼일이 있어 밖에 나가고 혼자 집을 지키고 있는데, 누군가 삐삐삐 현관 비밀번호를 누르고 들어왔다. 누가 왔나 싶어 방에서 나가보니 근처에 사시는 언니의 시아버지였다. 인사를 드리고 있다가 잠시 후 가시는 걸 보고 다시 방에 들어왔다. 조금 있으니 또 누군가 삑삑삑 비밀번호를 누르는 소리가 났다. 나가보니 이번에는 윗집에 사는 언니의 동네 친구가 들어온 것이었다. 언니 친구는 언니가 없는지 물어보고는 자기 집처럼 자연스럽게 냉장고를 열어보고 부엌에 잠시 머물다 돌아갔다.

세상에, 이럴 수가. 여기가 무슨 만인에게 공개된 모델하우스도 아니고 동네 사람들 모두 정답게 드나들며 한마디씩 하고 가는 시골집도 아니고, 사생활이 철저히 보장된 최신식 아파트에서 언니는 어떻게 이렇게 살 수가 있지? 한마디로 문화충격이었고, 언니 집이 아니라 내 집이었다면 그야말로 미치고 환장할 만한 일이었다.

언니는 그런 사람이었다. 가까운 사람들에게 자기 집 비밀번호를 가르쳐 주는 데에 아무런 거리낌이 없는 사람. 내가 없는 빈집에 누가 왔다 갔다 하더라도 아무렇지 않은 사람. 동생이든 사촌 동생이든 시댁 식구든 가리지 않고 누구든 언제든 기꺼이 방 한 칸 내주고는 하하 호호 하며 같이 살 수 있는 사람.

나로 말할 것 같으면 정확히 그 반대 지점에 있는 사람이다. 시부모님이 아무 때나 비밀번호를 막 누르고 들어오는 광경은 상상만 해도 스트레스다. 아마 시댁이라면 아무래도 어려운 사이기에 비밀번호 공유를 내켜 하지 않는 사람이 많을 것이다. 그런데 가까이에 사는 친한 친구라면? 기꺼이 공유하겠는가? 이 정도라면 성향에 따라 달라지지 않을까? 나는 그중에서도 극단에 치우쳐 있는 사람이라 심지어 같이 사는 가족이라도 갑자기 비밀번호를 누르고 들어오는 상황이 마냥 반갑지만은 않다. 최근 지은 아파트의 인터폰에서 '우리 집 차가 도착했습니다', '공동 현관문이 열렸습니다'라는 식으로 목소리가 알려주는 것을 보고 아니, 이렇게 좋은 기능이 있다니, 하고 감탄한 바 있다. 남편이 들어오기 1~2분 전에 미리 알 수 있는 것이다. 누군가는 '도대체 그게 무슨 차이야? 1~2분 먼저 안다고 해서 달라질 것도 없는데' 하고 생각할지도 모르지만, 혹시라도 나만큼 예민한 사람이 있다면 그 섬세한 차이를 이해할 것이다.

그렇다. 이게 다 예민함 때문이다. 예민함에도 여러 종류가 있고 그 증상도 가지가지인데, 지금 말하고 싶은 예민함은 '돌발 상황에 불편함을 느끼는' 예민함이다. 나는 늘 돌발 상황에 불편함을 느꼈다. 이 돌발 상황이라는 게 나쁜 일이거나 인생을 좌우하는 중요한 일이라면 누구나 불편함을 느끼겠지만, 좋은 일이나 일상적으로 벌어지는 사소한 일에서까지 불편함이 싹튼다는 게 문제다. 이를테면 내가 만나는 남자가 이벤트랍시고 많은 사람들 앞에서 깜짝 프러포즈를 한다면, 그건 나에게 깜짝 이벤트가 아니라 끔찍 이벤트다. 약속을 잡을 때도 나는 최소 일주일 전에는 잡기를 원하는데, 남편이 전날 약속을 잡아놓고 같이 가자고 한다면 나한테는 싸우자는 말로 들린다.

대중교통을 이용할 때도 언제 올지 모르고 얼마나 걸릴지도 모르는 버스나 택시가 싫어서 지하철만 줄기차게 타고 다녔다. 지금은 버스도 도착 시간이 실시간으로 나오고 택시도 핸드폰으로 쉽게 호출할 수 있으니 세상이 참 좋아졌다. 연락에 있어서도 전화를 하는 것보다 직접 만나거나 문자로 하는 것을 선호한다. 전화는 만남처럼 언제 전화할게, 하고 미리 얘기하고 하는 게 아닌 데다 문자처럼 여유가 될 때 답해도 되는 게 아니기에 언제나 갑작스럽기 때문이다. 모르는 전화번호라면? 아예 받지도 않는다.

아아, 이 정도로 피곤하게 굴면 '일상생활 가능해?' 소리를 들을지도 모르겠다. 그동안은 내가 이토록 피곤한 사람인지 몰랐기에 가능했다. 지금은? 돌발 상황 제조기인 스마트폰을 24시간 쥐고 점점 더 예측 불가능해지는 세상을 살아가야 하는 일이 나에겐 도저히 불가능하게만 느껴진다. 나는 종종 '나는 자연인이다'에 나오는 사람들처럼 깊은 산속에 들어가 살고 싶다고 생각한다. 나만의 동굴 속으로 들어간다는 점에서, 어쩌면 지금 이미 그렇게 살고 있는 것이나 마찬가지인지도 모르겠다.

대화라는
놀이공원에서

돌발 상황에 약한 이들이 으레 그러하듯 나에게 면접은 쥐약이다. 취업 준비생이던 시절, 어떤 면접관의 질문에 머릿속이 하얘져 아무런 대답도 못 했던 침묵의 시간. 그 시간이 고장 난 놀이기구를 타고 허공에 매달린 시간처럼 아찔했던 기억은 아직도 가끔 악몽처럼 떠오른다. 사실 면접뿐만이 아니다. 나에겐 모든 대화가 돌발 상황이다. 내가 좀 있다 이런 말을 할게, 라고 미리 예고하고 말하는 사람은 아무도 없으니까.

그런 점에서 익숙한 사람과의 대화는 회전목마를 타는 듯 편안하다. 정해진 방향과 정해진 속도로만 돌아가는 회전목마

익숙한 사람과의 대화는

회전목마를 타는 듯 편안하다.

처럼, 친한 사람이라면 대화의 방향이 예측 가능하다. 어떤 말을 할지 혹은 어떤 반응을 보일지 어느 정도 예측 가능하고, 그에 대해 많이 알고 있는 만큼 전혀 알 수 없는 이야기 속으로 잔뜩 긴장하며 들어가야 하는 돌발 상황도 줄어든다.

가깝지 않은 사람과의 대화에서는 운전하지 못하는 범퍼카에 올라탄 기분이다. 쿵쿵 정면으로 돌진하며 달려드는 돌발적인 이야기들에 빠르게 대응하지 못하고 흔들리는 범퍼카 안에서 멍하니 충격을 고스란히 받고만 있다. 아, 아까 이렇게 대꾸할걸. 아, 그때 그 얘기를 했어야 되는데. 나는 매번 범퍼카에서 내린 다음에야 뒤늦게 운전하는 법을 기억해 낸다.

모인 사람의 수가 많아지면 어쩔 줄 모르는 상태는 더 심해진다. 다들 어떻게 그렇게 빠르게 치고 빠질 수 있지? 여기저기서 불꽃놀이가 펑펑 터진다. 나는 그곳에 모인 모든 사람이 대단하게 느껴지고, 점점 불꽃놀이라는 화려한 축제 속에 도저히 낄 수 없다고 느낀다. 나는 불꽃놀이에 넋이 나간 어린아이처럼 대화라는 화려한 불꽃놀이 속에서 가만히 넋이 나간다.

그렇게 나는 매일 대화라는 놀이공원에 간다. 나는 언제쯤 이 놀이공원에서 진심으로 즐길 수 있을까.

돌발 상황이
불편한 이유

나는 왜 돌발 상황에 불편함을 느낄까. 이는 앞서 말했듯 뇌(정확히는 편도체)의 문제이지만 좀 더 쉽게 보자면 스트레스의 문제이기도 하다. 나는 내가 통제하지 못하는 것에 대한 스트레스가 굉장히 크다. 이 점이 내향적인 사람의 큰 특징 중 하나라고 나는 생각한다.

내향성을 설명할 때 에너지가 내면으로 향한다는 말을 하곤 한다. 내향적인 사람이 에너지를 내면으로 쏟을 때 편안함을 느끼는 이유는, 한 사람이 완전하게 통제할 수 있는 것은 오직 자신의 내면뿐이기 때문이다. 외부에서는 우리가 통제할 수 있는 게 없다. 타인이든 사건이든 밖으로 나서는 순간 마주치는 모든 것들은 우리 손을 벗어나 있다. '이불 밖은 위험해'라는 말에 강하게 고개를 끄덕이게 되는 것이다. 그런 통제 불가능성을 기꺼이 즐길 수 있는 사람이 외향적인 사람일 확률이 높다면, 통제 불가능한 것에 스트레스를 많이 받을수록 내향적인 사람일 확률이 높다고 볼 수 있겠다. 이런 점에서 보면 내향적인 이들에게 특히 불리한 시기가 두 번 온다.

첫 번째는 어린 시절이다. 어릴 때는 모든 것이 깜짝 놀랄 만큼 새롭다. 처음 겪는 일 투성이이므로 돌발 상황 투성이다. 또 어릴 때는 무얼 먹을지, 어디를 갈지, 어디에서 살지 등 무엇이든 부모의 결정에 따라 움직이는 경우가 많다. 자신이 통제할 수 있는 생활의 크기가 작은 것이다. 그만큼 자기도 모르는 스트레스가 쌓일 확률이 높다. 혹시 내향적인 아이를 키우는 부모라면, 아이에게 무엇이든 상세히 알려주고 일상 속에서 사소한 것부터 다 스스로 선택할 수 있게 해주기를 권하고 싶다. 아이가 스스로 많은 것을 통제하고 있다고 느낄 수 있도록.

내향적인 사람에게 불리한 두 번째 시기는 처음 부모가 되는 시기다. 내 맘대로 안 되는 게 자식이라지만 특히 어린아이는 그야말로 통제 불능 덩어리다. 이토록 통제 불가능한 존재를 눈앞에서 보는 것만으로도 에너지가 소진되는데 이를 적절하게 통제하기 위해 씨름까지 해야 하다니, 세상에 이런 미션임파서블이 또 없다. 나는 혼자 아이를 데리고 외출하는 일이 감당하기 힘들다고 느낀다. 아이를 통제하기 수월하게 집에 있고 싶은 마음과 아이를 위해 밖으로 나가야 한다는 마음이 매일 공존하며 싸움을 벌인다.

사실 어떤 시기의 문제가 아니다. 산다는 건 통제 불가능한 돌발 상황으로 가득 찬 일이니까. 그러면 이불 밖으로 나가지 않으면 모든 것을 통제하며 편안한 상태를 유지할 수 있을까. 나는 실제로 세상과는 거의 고립되다시피 한 생활을 몇 년간 했다. 그러나 불안감은 여전했다. 통제 가능해야 할 내 마음이 마음대로 통제되지 않았다.

어쩌면 내가 정말 불편한 건 돌발 상황이 아닐지도 모른다. 나는 어떤 상황에 흔들리고 마는 내가 불편하다. 통제 가능해야 마땅한 내 마음조차 제대로 통제되지 않는 것이 불편하다.

나는 나를 통제하고 싶다. 그래서 나는 점점 더 내 안으로 파고 들고 내 마음에 집착한다. 그래서 나는 매일 좋아하지도 않는 내 마음의 스토커로 살아간다.

가깝지 않은 사람과의 대화에서는

운전하지 못하는

범퍼카에 올라탄 기분이다.

흔들리는 범퍼카 안에서

멍하니 충격을 고스란히 받고만 있다.

아, 아까 이렇게 대꾸할 걸.

나는 매번 범퍼카에서 내린 다음에야

뒤늦게 운전하는 법을 기억해 낸다.

당신의 행복 취향은
무엇인가요

내가 무엇에 심한 스트레스를 받는가 하는 문제는 결국 행복이라는 주제와 연결된다. 스트레스와 멀어질수록 행복에 가까워지니까. 통제 불가능한 것에 스트레스를 심하게 받는 사람이라면, 모든 것을 통제 가능한 상태야말로 스트레스가 없는 행복한 상태가 된다. 그렇다면 모든 것을 통제 가능한 상태는? 딱 하나밖에 없다. 어떤 외부 상황에도 흔들리지 않는 마음, 곧 평정심(평상심)을 갖는 것. 집에만 있으면서 아무런 일이 없기 때문에 고요한 마음을 갖는 것은 평정심이 아니다. 어떤 상황 속에서도 고요한 마음을 가질 수 있어야 평정심이다.

나는 외부에서 일어나는 사건에 따라 감정 기복이 심한 편이었다. 예민하거나 소심하다는 건 남들이 눈치채지 못할 정도의 작은 일들에도 마음이 흔들린다는 뜻이니까. 감정 기복이 심한 때일수록 나는 불안하고 불행했다. 내가 책을 좋아하게 된 이유는 독서가 평정심을 갖는 데에 큰 도움이 되었기 때문이다. 책을 읽고 평정심을 쌓아가면서 나는 난생처음 맛보는 행복감을 느꼈다. 내 마음조차 통제할 수 없다는 불안감이 조금씩 사라져 갔다.

반대로 외향적인 사람이라면 어떨까. 그들에게 평정심이란 지루함일지도 모른다. 그들은 사건을 원하고 자극을 원하며 그에 따른 감정 기복도 자연스럽게 받아들이지 않을까. 끝없이 새로운 자극을 받을 수 있는 예측 불가능한 생활이나 자연스럽게 물결치는 감정이 그들에겐 오히려 행복이지 않을까.

행복이란 이처럼 하나의 취향 같은 것이라고 생각한다. 행복이 무엇인가에 대해서는 아리스토텔레스 이후로 너도나도 질세라 의견을 내어놓고 있지만 아직까지도 행복을 한마디로 쉽게 설명할 수 없다. 그 이유는, 행복이란 순대 국밥과 크림 스파게티 중에 하나를 고르는 것만큼이나 지극히 취향적인 문제이기 때문이 아닐까. 모든 사람을 만족시킬 답 같은 것은 애초에 존재하지 않는 것이다. 그러니까 행복이 무엇인지 따위는 알 필요가 없다. 대신 자신이 원하는 행복이 어느 쪽인지는 누구보다도 잘 알고 있어야 한다. 따끈하고 얼큰한 국물을 좋아하는 사람이 매일 크림 스파게티만 먹으면서 느끼하다고 불평하는 것만큼 웃긴 일은 없을 테니까.

우리는 매일
주사위를 던진다

　나는 뉴스에서 어떤 사건·사고들을 접할 때마다 큰 두려움을 느낀다. 어떤 사건·사고란 누구나 피해자가 될 수 있었던 경우, 피해자에게 아무런 잘못이 없는 경우다. 이는 통제 불가능하고 예측 불가능한 것에 대한 두려움이다. 피해자가 되지 않도록 나 자신을 통제할 수 없다는 두려움.

　우리는 때로 가해자보다 피해자에게 더 엄격하다. 가해자가 될지 말지는 우리의 선택이지만 피해자가 될지 말지는 선택 불가능한 영역에 있기 때문에 그렇다. 우리는 가해자보다 피해자에게서 이유를 찾고 싶어 한다. 옷을 야하게 입었으니까. 불친

절했으니까. 우리는 피해자에게서 '그래도 싼' 이유를 찾고 싶어 한다. 이는 우리 자신이 피해자가 '되지 않을' 이유를 찾는 일이기도 하다.

어떤 사건·사고들은 말한다. 피해자가 되는 데에 이유 따위는 없다고. 우리는 매일 주사위를 던져서 살아남을 뿐이다. 이를 기억하되 담담히 받아들이는 일은 중요하다. 나도 모르게 가해자보다 피해자에게 엄해지지 않기 위해. 주사위 던지기가 두려워 아예 던지지 않는 쪽을 택하는 어리석음을 피하기 위해.

나는 왜

빠릿빠릿하지 못할까.

나는 왜

다른 엄마들처럼

유능하지 못할까.

내가 쓸모없게

느껴지는 여러 문제들은

모두

긴밀하게

연결되어 있었다.

게으르고
쓸모
있기를

에너지를 쓰는
방식의 문제

육아 전문 회사 같은 곳이 있어서 사원을 뽑는다면 어떤 능력을 가진 사람을 우대해서 뽑아야 할까. 나는 단연 '멀티(멀티태스킹) 능력'이라고 생각한다. 이 회사의 면접을 본다면 아마도 이런 실습이 필요하지 않을까. 손으로 두세 가지 요리를 하면서 눈으로 아이가 안전하게 잘 노는지 확인하고 귀와 입으로는 전화 통화하기. 사실 이런 풍경은 우리에게 그리 낯설지 않다. 나는 아이를 키우다 보면 나 역시 당연히 그런 바쁘면서도 평화로운 풍경 속 주인공이 될 수 있으리라 여겼다.

그런데 웬걸, 나는 서너 가지는커녕 겨우 두 가지만 돼도 일이 어긋나기 시작하면서 평화가 깨졌다. 반찬을 만들고 있는데 아이가 부엌에서 얼쩡대며 방해를 하면, 뭔가를 넣거나 불을 끄거나 해야 할 때를 놓치면서 요리를 망치기 일쑤였다. 남편과 대화하는 중에 아이가 끼어들어 뭐라고 자꾸 소리를 내면, 나는 아무 말도 머릿속에 안 들어오게 되고 짜증만 솟구치다 소리친다. "제발, 한 사람씩 말하라고!" 식당에서도 아이를 먹이는 데에 신경 쓰다 보면 내 음식에는 손도 대지 못하다가 뒤늦게 허겁지겁 먹는 일이 허다했다.

아아, 육아라는 건 기본적으로 우아하게 한 가지 일에 집중할 수가 없는 일이었다. 처리해야 할 일은 언제나 두세 가지가 동시에 밀려들었고 나는 일의 파도를 능숙하게 타지 못해 자꾸만 빠져 허우적댔다.

처음에는 '뭐, 처음부터 잘하는 사람이 어딨어, 하다 보면 점점 나아지겠지' 하고 대수롭지 않게 여겼다. 그러나 몇 년이 지나도 나는 여전히 두 가지를 넘지 못하고 허우적댔다. 아이가 하나여도 이렇게 머리에 지진이 난 것처럼 정신이 없는데 둘 셋씩 데리고 다니는 엄마들은 도대체 어떻게 하는 거지? 아무래도 이건 초보냐 베테랑이냐의 문제가 아닌 것 같았다. 다른 엄마들은 머리가 4개이거나 8개인 멀티 코어 CPU라면, 나는 머리가 1개인 싱글 코어 CPU인 게 틀림없었다.

　보통은 여자가 남자보다 멀티태스킹에 능하다고 한다. 좌뇌와 우뇌 사이를 연결하는 뇌량이 여자가 더 두껍기 때문이라나. 그런데 도대체 여자인 나는 왜 이런 것일까. 나는 오랜 자학과 고민 끝에 결론을 내렸다. 이건 남녀의 문제가 아니라고. 에너지를 쓰는 방향에 따라 사람을 두 부류로 나눌 수 있는 것처럼, 에너지를 쓰는 방식에 따라서도 사람은 두 부류로 나누어진다고.

　잘 알려진 바대로 우리가 쏟는 에너지의 방향에 따라서는 외향성과 내향성으로 나뉜다. 에너지가 외부로 향하면 외향성, 내면으로 향하면 내향성이다. 이는 한 사람의 성격이나 라이프 스타일(예를 들어 집순이인지 밖순이인지)만 보아도 눈에 띄게 차이가 드러나기에 어렵지 않게 구분이 가능하다. 그런데 우리가 에너지를 쓰는 방식은 겉으로 드러나지 않기 때문에 보통은 의식하기 어렵다.

　에너지를 쓰는 방식이란 '에너지를 하나로만 쏟는가, 아니면 여러 곳으로 쏟는가' 하는 문제이다. 에너지를 하나로만 쏟는 유형은 스페셜형, 에너지를 여러 곳으로 쏟는 유형은 제너럴형이라고 부르자. 물론 내가 붙인 이름이다. 이는 어떤 한순간에 에너지를 쏟는 방식이기도 하고 인생 전반에 걸쳐 에너지를 쓰는 방식이기도 하다. 스페셜형은 에너지가 똘똘 뭉쳐져 있어서 이를 떼어내는 데에도 에너지가 든다. 에너지를 여러 곳으로 쏟으려면 그만큼 에너지 낭비가 많아지는 것이다. 반대로 제너럴형이라면 흩어져 있는 에너지를 뭉치는 데에 오히려 에너지를 써야 한다. 하나에 집중하려고 할 때 오히려 에너지를 낭비하게 되는 것이다.

나는 이와 같은 방식의 문제가 에너지의 방향만큼이나 중요하다고 믿는다. 자신이 에너지를 쓰는 방식을 제대로 알아야 자신의 약점에 무너지지 않고 강점을 살릴 수 있기 때문이다. 당신은 스페셜형인가, 아니면 제너럴형인가.

스페셜형과
제너럴형

　스페셜형과 제너럴형에 대해 좀 더 생각해 보자.

　스페셜형은 보통 한 가지에만 깊은 관심을 가지고 나머지에는 무심해지기 쉽다. 전문가 바보가 되기 쉬운 사람들이다. 나의 많고 많은 콤플렉스 중 하나는 상식이 부족하다는 것인데, 이 콤플렉스는 내가 공부를 잘했기 때문에 잘 드러나지 않았다. 그러나 공부와 상식은 전혀 다른 차원의 문제다. 공부는 주어진 교재 하나에만 관심을 가져도 충분히 잘할 수 있지만, 상식이란 주위의 다양한 것에 관심을 가짐으로써만 얻을 수 있는 것이기 때문이다. 스페셜형은 사람도 보통 한 사람에게만 깊은 관심을 가진다. 그 한 사람은 자기 자신인 경우가 많고, 타인이라면 대개 배우자나 애인이 될 것이다.

반대로 제너럴형은 평소에 늘 여러 가지에 관심을 기울인다. 상식이 풍부하고 관심 있는 주제가 많기에 어떤 대화가 나와도 자연스럽게 참여해 이야기를 끌어갈 수 있다. 또 제너럴형은 스페셜형과 달리 다양한 사람들에게 관심을 가지는 편이라서 관계에 있어서도 어려움을 덜 겪는다.

자, 그러면 우리는 크게 네 부류로 구분이 가능해진다.

1. 내향성이면서 스페셜형
2. 내향성이면서 제너럴형
3. 외향성이면서 스페셜형
4. 외향성이면서 제너럴형

스페셜형은 내향성을 두드러지게 만들고 제너럴형은 외향성을 두드러지게 만든다. 나는 1번 내향성이면서 스페셜형이기에 내향성 중에서도 늘 극단에 치우쳐 있다는 느낌을 받았다. 내가 상위 1%에 들 수 있는 것이 있다면 그건 바로 내향성일 거야, 하는 우울한 자신감이 늘 있었다.

반면 스페셜형과 외향성이 섞이거나 제너럴형과 내향성이 섞이면 서로 보완 역할을 한다. 가끔 본인이 내성적이라거나 내향적이라고 말하지만 다른 사람이 보기에는 별로 그렇지도 않은 경우가 있는데, 그런 경우 대개 2번 내향성이면서 제너럴형에 해당한다. 실제로 내향적이지만 제너럴형이라서 내향성이 겉으로 티가 나지 않는 사람을 나는 여럿 알고 있다. 이런 사람들은 속내를 드러내는 깊은 관계로 발전해야만 실제 성향이 겉보기와는 다르다는 사실을 알 수 있다.

아무튼, 두 유형 중 더 주의가 필요한 쪽은 스페셜형이다. 내가 스페셜형이라는 걸 알고 난 후 나는 에너지를 최대한 하나로 모으려고 하는 편이다. 내가 원래 생겨먹은 방식을 존중하고 맞춰주는 것이다. 그래서 이것저것 다 잘 해내려고 애쓰기보다 가장 중요하다고 생각하는 하나에 집중하고 나머지는 어느 정도 포기하고 산다. 어설프게 에너지를 분산시켰다가는 제대로 하는 게 하나도 없게 된다는 사실을 경험을 통해 아프게 깨달았기 때문이다.

사소한 예를 하나 들자면, 나는 매달 초에 월간 계획을 세우는데 독서, 글쓰기, 영화/팟캐스트 시청, SNS 관리 등 하고 싶은 일들을 전부 조금씩 넣는 식으로 한동안 계획을 짰다. 그런데 계속해서 계획의 반도 실천하지 못하는 상황이 벌어지자 과감하게 다 버리고 하나에만 집중했다. 원래 독서 목표가 한 달에 다섯 권이었다면 나머지 목표를 다 버리고 대신 독서만 하루 한 권으로 바꾸는 식이다. 그랬더니 한 달 만에 바로 목표를 초과해서 달성할 수 있게 되었다. 무엇이든 매일 조금씩 하는 습관을 들이는 것이 중요하다고 하지만, 나의 경우는 A와 B와 C를 매일 조금씩 3년간 하는 것보다 A만 1년, B만 1년, C만 1년을 하는 편이 오히려 나았던 것이다.

결국 스페셜리스트냐 제너럴리스트냐 하는 것은 시대의 문제가 아니다. 스페셜리스트가 돼야 한다거나 제너럴리스트가 돼야 한다거나 하는 말들은 공부 열심히 하라는 잔소리만큼이나 의미가 없다. 스페셜형인 사람은 스페셜리스트가 되고 제너럴형인 사람은 제너럴리스트가 되면 된다. 우리는 우리 자신이 되면 되는 것이다.

대화라는
놀이공원에서 2

나는 대화라는 놀이공원에 간다. 여럿이 모인 밤의 놀이공원은 불꽃놀이가 한창이다. 불꽃이 한 번에 하나씩만 터지면 불꽃놀이가 아니다. 불꽃놀이는 동시다발의 축제다. 여기저기서 동시다발적으로 터지는 불꽃에 나는 넋이 나간다.

나에겐 모든 대화가 동시다발의 세계다. 대화란 듣기와 말하기를 동시에 하는 일이니까. 대화는 듣기에서 빠르게 말하기로 전환하고 말하기에서 다시 빠르게 듣기로 전환하기를 반복하는 일이다. 위로 올라가다가 순식간에 아래로 떨어지고 다시 방향을 바꿔 위로 올라갔다가 또 떨어지기를 반복하는 롤러코스터를 타는 느낌이다. 혹은 동그란 보트나 컵 안에 타서 앞으로 나아가면서 동시에 뱅글뱅글 돌고 있는 느낌이기도 하다. 이런 놀이기구들은 어느 놀이공원을 가나 인기가 상당해서 끝도 없이 길게 늘어선 줄이 이어진다. 나는 놀이공원의 들뜬 분위기를 좋아하지만 직접 이런 놀이기구들에 올라타는 것은 자극이 과하게 느껴진다. 나는 가끔 대화 중 과부하 상태에 걸리고 지금 무슨 이야기가 오가고 있는 건지 전혀 알지 못하게 된다. 롤러코스터의 자극이 과해서 나도 모르게 눈을 질끈 감아버리는 상태다.

그런 점에서 대화보다 오히려 발표가 편하게 느껴지고, 소란스럽게 노는 일보다 가만히 강의를 듣는 일이 즐거울 때가 있다. 내가 준비한 대로 '말하기'라는 한 가지에만 집중하거나 '듣기'라는 한 가지에만 집중하면 되기 때문이다. 휙휙 방향을 바꾸는 일 없이 정해진 한쪽 방향으로만 돌아가는 안전한 회전목마나 대관람차를 탄 기분이다.

대화라는 놀이공원에서 나는 매번 어린아이가 된다. 눈이 휘둥그레져서 구경하지만 무서워하지 않고 탈 수 있는 건 회전목마 같은 단순한 놀이기구뿐인 어린아이. 나는 실제 놀이공원에서도 어린아이가 되곤 한다. 아이와 함께 놀이공원을 다니게 되면서 좋은 점이 있다면, 놀이기구 취향이 남편보다 아이와 더 잘 맞는다는 점이다. 아이가 롤러코스터를 무서워하며 타길 거부할 때 남편은 아쉬워하고 나는 편안해진다. 롤러코스터나 바이킹 같은 놀이기구에서 만세하듯 두 손을 번쩍 들어올리는 동작도 나는 한 번도 해본 적 없다. 나는 대개 아무렇지 않은 척하며 아무도 모르게 슬쩍 눈을 감는다.

언젠가 놀이기구의 스릴을 진심으로 즐길 수 있는 날이 올까. 오지 않는다 해도 상관없다. 나는 놀이기구를 타는 것보다 놀이공원에서 그 분위기에 취하는 것을 좋아하는 사람이니까.

놀이공원의

들뜬 분위기를 좋아하지만

직접

놀이기구에 올라타는 것은

자극이 과하게 느껴진다.

나의 쓸모

영양분과 포만감을 주는 알약이 있다면 알약을 삼키는 것으로 끼니를 대신하고 싶은가, 아니면 제대로 된 밥을 먹고 싶은가. 다양한 나라의 청년들이 모여 토론하는 TV 예능 프로그램 〈비정상회담〉에서 이 안건을 회의에 부쳤다. 나는 두말할 것 없이 알약을 선택했다. 사실 선택하고 말고 할 것도 없이 이는 내가 평소에 늘 해오던 생각이었다. 나는 오래전부터 궁금했다. 도대체 왜 하루에 세 끼나 먹어야 하는 걸까. 끼니를 대신할 수 있는 알약이 있으면 참 좋을 텐데 도대체 왜 그런 알약은 개발되지 않는 걸까. 이런 마음을 누군가에게 슬쩍 내비친 적이 있는데, 그는 도리어 나를 이해할 수 없어 했다. 먹는 즐거움을 포기하다니 말도 안 된다고.

나는 먹는 시간이 아깝고 자는 시간이 아깝다. 알약 한 알로 끼니를 대신할 수 있으면 얼마나 효율적일까. 이틀에 한 번만 잠을 잘 수 있다면 효율적으로 시간을 쓸 수 있을 텐데. 나는 이처럼 습관적으로 사사건건 '효율'을 따진다. 어떤 일을 할지 말지 결정해야 할 때도 무의식중에 그 일의 효율을 따진다. 이 일이 나에게 어떤 도움 되는 결과를 가져다줄 수 있는가. 사람을 만날 때도 그렇다. 오래 인연을 맺을 수 있는 사람이 아니라 심심풀이로 하루 놀고 말 사람이라면 기꺼이 시간을 내고 싶은 마음이 들지 않는다.

사물에 대한 나의 취향도 효율과 맞닿아 있다. 하나로 두 가지 이상의 쓸모가 있는 것에 나는 쉽게 혹하곤 한다. 투 웨이(two-way) 어쩌고 하는 물건들은 지나치지 못하고 자꾸 눈이 가는 것이다. 끈을 두 가지로 바꿔 맬 수 있는 가방, 팔을 뗐다 붙였다 할 수 있는 패딩, 수납 기능이 있는 의자, 쉐딩용으로도 쓸 수 있는 아이라이너 같은 물건들이 우리 집 구석구석을 차지하고 있다.

돌이켜보면 행복마저도 효율에서 왔다는 느낌이 든다. 내가 가장 행복감을 느꼈을 때는 일본에서 유학 생활을 했을 때다. 그때는 하루하루가 충만한 느낌이었다. 그냥 할 일 없이 TV를 보거나 장을 보거나 평범하게 일상생활을 해도 그게 다 외국어 공부가 되었기 때문이다. 세상에 그렇게 효율적이고 충만한 나날이 없었다. 결국 나는 무언가 배우거나 얻지 못하면 쓸모없는 시간처럼 느껴져 지금 이 순간을 좀처럼 즐기지 못하는 불쌍한 타입의 인간인지도 모르겠다.

나는 왜 이토록 효율에 집착하게 된 걸까. 나는 이 효율 집착증이 에너지를 쓰는 방식의 문제에서 기인한 것이라고 믿는다. 나는 에너지를 여기저기 흩뿌려서 쓰지 못하기 때문에 어디에 에너지를 쏟을 것인지 취사선택하는 일이 무엇보다 중요했다. 그리고 하나에밖에 에너지를 쏟지 못하는 만큼 그 하나는 아무거나가 아니라 무엇보다 효율적인 하나여야 했던 것이다. 그런 경험을 몇십 년에 걸쳐 하면서 자연스럽게 효율을 중시하게 되었다고 생각한다.

나의 쓸모를 따지며 자책하는 몹쓸 습관이 생긴 것도 그놈의 효율 집착증 때문이다. 사람에게까지 효율의 잣대를 들이대는 것이다. 사람에게 쓸모를 묻는다는 것 자체가 비인간적인 생각이지만 나는 자꾸 나의 쓸모를 묻게 된다. 그러고는 종종 내가 쓸모없게 느껴지고 무능하게 느껴져 기분이 가라앉는다. 요리를 잘해서 누군가에게 대접해 주지도 못하고 청소를 잘해서 누군가의 기분을 상쾌하게 해주지도 못하고 운전을 잘해서 누군가를 태워주지도 못한다. 그렇다고 긍정 에너지로 가득 차서 누군가를 유쾌하게 해줄 수 있는 것도 아니다. 같이 사는 사람으로서 이만큼 쓸모없는 인간을 찾기도 어렵지 않을까. 이성적으로는 덜떨어진 생각이라는 걸 알면서도 나는 자꾸만 그런 덜떨어진 생각에 빠지고 만다.

참고로 〈비정상회담〉에서는 알약을 먹겠다는 쪽과 먹지 않겠다는 쪽이 반반씩 나왔다. 놀랍다. 나 같은 사람이 생각보다 많은 걸까.

나는 무언가

배우거나 얻지 못하면

쓸모없는 시간처럼 느껴져

지금 이 순간을

좀처럼 즐기지 못한다.

게으름에 대한
변명

　남편은 나를 나무늘보라고 부른다. 말도 행동도 반응도 모든 것이 나무늘보처럼 느리다고. 사실 좋게 말해서 '느리다'이고 나쁘게 말하자면 '게으르다'이다.

　나는 한번 자리를 잡으면 좀처럼 움직이지 않기 때문에 밥을 먹거나 씻거나 청소를 하거나 하는 기본적인 생활들을 놓칠 때가 많다. 이런 모습을 보고 세상의 언어로는 '게으르다'라는 말을 쓰는 모양이지만, 나의 언어로 말하자면 나는 결코 게으른 것이 아니다. 나는 단지 우선순위가 다를 뿐이다. 나는 하나에 에너지를 쏟기 시작하면 동시에 이것저것 할 수가 없게 되고 그 하나가 나머지 모든 것보다 우선하게 되는 것뿐이다.

세상에는 정해진 우선순위가 있어서 그걸 맘대로 바꾸면 게으르다는 말을 듣는다. 나는 나름대로 매우 바쁘게 살아가고 있다고 느끼지만, 세상의 눈으로 보면 한심할 정도로 게을러빠진 주부일지도 모른다. 세상에 나쁜 개는 없다고 했던가. 나는 소심하게 주장해 본다. 세상에 게으른 사람은 없고, 우선순위가 다른 사람이 있을 뿐이라고.

나는 왜

다른 사람 눈치를 볼까.

어쩌면

틀린 건 내가 아니라

질문인지도 모른다.

질문을 바꿨다.

나는 왜

눈치 보는 나를

싫어할까.

A형
같은
O형

혈액형이
뭐예요?

나는 O형이다. 나는 혈액형을 묻는 질문을 싫어한다. 묻는 사람은 혈액형 성격설을 바탕으로 대개 무슨 형일 것 같다는 짐작을 한 상태로 질문을 던지는데 나는 그 예상을 보기 좋게 빗나가는 사람이기 때문이다. O형이라고 답하면 의외네, 라든지 O형 같지 않은데, 라는 뻔한 말이 들려온다. 그러면 나는 "아무도 안 닮았네"라는 말을 들었을 때와 비슷한 기분이 된다. 그 속에 숨은 부정적인 의미를 알고 있으면서도 모르는 체해야 하는 기분. 실제로 가족들은 모두 B형인데 나 혼자 O형이다.

나만 성격이 다른 걸 보면 혈액형 성격설이 영 근거가 없는 이야기는 아닌 듯하다. O형 같지 않다고 생각하는 사람들이 어떤 형 같다고 생각하는지는 말하지 않아도 알 수 있다. 어떤 사람은 대놓고 이렇게 묻기도 하기 때문이다. "너 에이형이지?" 그러면 "그래, 트리플 에이형이다" 하고 받아치고는 속으로 뜨끔한다. 내가 소심한 거 어떻게 알았지? 그렇게 티 나나? 그리고는 소심하게 속에 담아둔다. 뒤끝까지 있는 것이다.

A형은 소심하고 O형은 사교적이라는 식의 터무니없고 단순한 이론에는 당연히 동의할 수 없지만, 그보다 더 동의할 수 없는 건 소심함이 나쁜 것이라는 생각이다. 내성적인 성격이 나쁜 성격이 아닌 것처럼 소심함 또한 나쁜 것이 아니다. 물론 내가 소심하기 때문에 하는 말이다. 나의 좋은 점을 내가 애써 찾지 않으면 누가 찾아주겠는가.

소심함이란 무엇일까. 아니 그보다 먼저 소심함의 반대편에 있는 것은 무엇일까. 일반적으로 생각하면 '대범함'이나 '강심장'을 떠올릴 수 있겠다. 그러나 대범함이나 강심장 같은 것들은 특수한 상황에서만 드러나는 성질을 띠고 있어서 일상적으로 드러나는 '성격'이라고 보기는 힘들다. 이를테면 대범함이란 어떤 공격을 받았을 때도 이에 연연하지 않고 배포 크게 받아들이는 경우에 많이 쓰이고, 강심장이란 보통은 긴장할 법한 상황에서도 크게 긴장하는 일 없이 평소 기량을 발휘하는 경우에 많이 쓰인다. 그러니까 공격을 받는 상황이나 긴장할 법한 상황이 오지 않으면 드러나지 않는 것이다. 그런 점에서 대범함이나 강심장보다는 차라리 일상적으로 드러날 수 있는 '시원시원함'이나 '거침없음' 같은 것들이 소심함의 반대편에 있다고 보인다.

거침없음이란 분명 매력적인 요소다. 상대가 솔직하게 자신의 본모습이나 자신의 생각을 드러낼 때 우리는 호감을 느낀다. 남을 신경 쓰지 않고 '나'를 중시하는 요즘 시대의 트렌드 또한 한몫했을 것이다. 나 역시 거침없음에 호감을 느끼고 요즘 트렌드를 반기는 한 사람이지만, 나는 종종 어떤 거침없음이 불편해지기도 한다. 그때는 바로 솔직함의 방향이 자신이 아닌 타인을 향할 때다. 자신에 대한 솔직함의 정도는 자기 마음이지만 타인에 대한 솔직함의 정도가 지나치면 무례함이 된다. 타인에 대한 독설을 거침없이 내뱉을 때, 무례함이 털털함으로 포장될 때, 나는 거침없음이 미덕이 되는 사회에 물음표를 찍게 된다.

남의 시선을 신경 쓰지 않는 것과 남의 마음을 신경 쓰지 않는 것은 분명 다르다. 이를 혼동하는 사람이 많아지고 있는 것은 아닐까. 거침없이 상대를 공격하면서 상처받은 자의 아픔까지 쿨하지 못한 본인 탓으로 만드는 사회가 되어가는 것은 아닐까. 소심한 자는 이제 상처를 받을 때마다 쿨하지 못하다는 자책감까지 덤으로 떠안게 되었다.

상대의 소심함을 이해할 수 있는 사람은 똑같이 소심한 사람이다. 반면 거침없는 사람들은 마음에 담아놓지 않는 만큼 다른 사람의 입장에서 생각해볼 필요를 못 느낀다. 거침없는 성격의 사람일수록 자신과 다른 부류의 사람을 이해하지 못하고 비난하는 경우를 숱하게 보았다. 그렇다고 소심한 게 더 좋다는 논리를 펼치려는 것은 아니다. 무엇이든 장단점이 있기 마련이기에 나는 세상의 모든 부정적인 단어들이 과소평가되고 있다고 생각한다. 소심함은 그 수많은 단어들 중 하나일 뿐이다.

아무튼, 그래서 나는 언제부터인가 "혈액형이 뭐에요?"라는 질문에 순순히 O형이라고 답하지 않게 되었다. 의외라는 상대의 반응에 소심하게 상처받고 싶지 않아서다. 의외라는 반응이 나오지 않도록 애초에 상대의 생각을 내가 먼저 말해버린다. "A형 같은 O형이에요"라고.

남의 시선을

신경 쓰지 않는 것과

남의 마음을

신경 쓰지 않는 것은

분명 다르다.

하지 않게
해주는 배려

남편　혈액형을 묻는 게 싫다고?

나　응.

남편　그럼 그동안 싫었겠네?

나　뭐가?

남편　우리 식구들이 맨날 혈액형 얘기하잖아. 우리 엄마
나 누나나 거의 혈액형 신봉자 수준인데.

나　아. 그건 그렇지.

남편　싫었으면 미리 말해주지. 그럼 내가 살짝 귀띔했을
텐데.

나   아, 전혀 싫지 않았어.

남편   혈액형 얘기 싫다면서?

나   음. 혈액형 얘기 자체가 싫다기보다 내 혈액형을 듣고 안 어울리네, 하고 생각하는 반응이 싫어. 그런데 자기 식구들이 혈액형 얘기할 때는 한 번도 그런 느낌을 받은 적이 없거든. 일반적인 혈액형 성격설이 아닌 경험적인 논리로 오히려 나를 'O형 다운' 사람이라고 생각해주었지. 그래서 싫기는커녕 오히려 혈액형 얘기가 재미있고 좋았던 것 같아.

남편   맞아. 내가 보기에도 딱 O형 같은데. 누나나 매형이나 우리 집안 O형들은 너랑 정말 비슷한 구석이 많아.

나   나는 우리 집에서 혼자 O형이고 다른 식구들은 다 B형이어서 그런지 어쩜 달라도 이렇게 다를까, 싶은 것투성이였고 그래서 늘 나만 이상하고 비정상인 사람인 것 같았거든. 어릴 때 가족은 곧 사회고 그 속에서 나만 다르니까 내가 비정상인 거잖아. 그런데 O형과 A형이 섞여 있는 자기네 집에 있으면 내가 이상하지 않고 평범한 사람이 된 것 같은 기분이 들었어. 내가 늘 안 닮았다는 말만 듣고 자랐다고 얘기했잖아. 그래서 그런지 누군가와 비슷하다는 느낌, 그러니까 동질감이랄까, 그런 게 내가 어렸을 때부터 무엇보다 간절히 원해왔던 감정이었던 것 같아.

남편   자기 식구들 보면 정말 신기할 정도로 자기만 혼자 너무 다르긴 해.

나   우리 식구들은 남의 눈치를 전혀 안 보는 스타일이거든. 주위에 사람이 있든 말든 신경 쓰지 않고 자기 할 얘기를 거침없이 하는데, 또 다들 목소리가 워낙 커서 주위에 있는 모든 사람들에게 다 들리는 거야. 나는 어릴 때부터 식구들의 그런 점이 부러우면서도 내가 그런 상황에 놓이면 조금 부끄러워졌고, 또 동시에 부끄러워하는 내가 한심하게 느껴지는 좀 그런 복잡한 감정이 들곤 했어. 왜 부끄러운가 하면 나는 내 사적인 대화 내용을 주위의 모르는 사람들이 듣게 하고 싶지 않은 쪽이거든. 그런데 아무도 신경 쓰지 않는 걸 혼자 신경 쓰고 있으니까 그야말로 한심할 정도로 소심하고 비정상적인 인간으로 느껴졌다고 할까. 이런 사소하게 다른 점들을 나는 끝도 없이 댈 수 있단 말이지. 그러니까 자라면서 매일같이 내 자신이 한심하고 비정상으로 느껴진 거야. 그런데 자기 식구들은 어느 쪽이냐 하면 나처럼 남의 눈치를 보는 쪽이잖아.

남편 맞아. 다들 아닌 척하면서 남 눈치 엄청 본다니까. 눈치 보는 게 지나쳐서 맨날 팔이 밖으로 굽는 사람들이야.

나 같이 있을 때 특히 그런 부분에서 비슷하다는 느낌을 많이 받은 것 같아. 나는 사실 눈치 본다는 걸 나쁘게만 생각했거든. 뭔가 당당하지 않고 소심한 느낌이 드니까. 그런데 자기 식구들을 보면서 아, 눈치 보는 것도 괜찮네, 하는 생각이 들었어. 어쩌면 불편할 수도 있는 사이에서 서로 눈치를 보니까 오히려 편해진다고 할까. 특히 내 눈치를 많이 봐주시니까, 나는 배려 받는 느낌이 들고 좋았지.

남편 배려 받는 느낌이 들었어?

나 그럼. 가까이에 살면서도 단 한 번도 오라고 하시거나 갑자기 오시거나 하는 일이 없었잖아. 무슨 날이

어서 모일 때도 음식 하지 않을 수 있게 시켜 먹거나 밖에서 외식하거나 하고. 적극적으로 뭔가를 막 해주는 배려는 아닌데 내가 힘들까 봐 뭔가를 하지 않게 해주는 배려를 꾸준히 받은 느낌? 이게 성향 차이일 수도 있는데, 나는 그런 식으로 내 부담을 덜어줄 때가 참 고마워. 상대가 뭔가를 해주면 그게 뭐든지 당연히 고맙잖아, 근데 내 기준에서 봤을 때 내 일은 똑같은 경우가 있고 내 일(부담)이 크게 덜어지는 경우가 있거든. 전자일 때는 고마움만 느낀다면 후자일 때는 고마움과 배려 받는 느낌이 동시에 드는 거지.

남편 그렇구나.

나 우리 예를 들자면, 내가 육아에 힘들어하고 있을 때 자기가 요리를 하거나 청소를 하거나 하잖아. 그러면 당연히 고맙지. 근데 사실 내 입장에서는 크게 다른 게 없거든. 애가 엄마 껌딱지라서 집안일을 하지 않을 때도 어차피 애를 봐야 하고 내가 쉬지 못하는 건 똑같으니까. 나는 30분이라도 내가 애를 보지 않게 해주는 쪽이 훨씬 좋아.

남편 아, 그래? 진작 말을 하지.

나 말했거든! 그리고 말이 나와서 말인데, 가족 간에도 눈치를 좀 봐야 돼. 자기가 매일 내 눈치 보고 사니까 우리 집이 평화로울 수 있는 거지. 내 눈치 안 봤으면 맨날 집에 와서 게임이나 했을 거 아냐.

남편 얘기가 왜 자꾸 그런 쪽으로 가냐? 아, 더 공격당하기 전에 도망가야지.

눈치를
배려로 만드는 것

　눈치를 보는 것과 배려를 하는 것의 차이는 무엇일까. 다른 사람을 신경 쓰다 보면 내가 너무 남 눈치를 보는 걸까, 하는 생각이 든다. 그렇다고 남을 신경 쓰지 않고 내키는 대로 하고 나면 내가 너무 남을 배려하지 않았나, 하는 생각이 든다. 눈치와 배려 사이. 둘 사이의 균형을 잡는 일은 참으로 어렵다.

　나는 가끔 헷갈린다. 내가 지금 눈치를 보는 건지 아니면 배려를 하는 건지. 어쩌면 헷갈리는 건 당연하다. 그걸 결정하는 건 자신이 아니니까. 눈치를 배려로 만들 수 있는 사람은 주체인 자기 자신이 아니라 상대방이 아닐까. 내가 배려라고 우겨서 배려가 되는 게 아니라 상대방이 배려라고 느껴야 배려가 된다.

그럼 어떤 사람이 눈치를 배려로 받아들일까. 나의 경험상 눈치를 배려로 느끼는 사람은 대개 비슷하게 남을 신경 쓰는 타입의 사람이었다. 남을 신경 쓰지 않는 타입의 사람은 내가 어떻게 하든 크게 신경 쓰지 않기에 그야말로 상대는 별생각 없는데 나 혼자 눈치를 본 게 된다. 똑같은 행동이라도 상대가 어떤 사람인지에 따라 괜히 눈치를 본 게 될 수도 있고 적절한 배려를 한 게 될 수도 있는 셈이다.

눈치 보지 않겠다고
작정하지 않겠다

나에게는 무리해서라도 사람들과 어울려야 한다는 강박이
있었고 어울리기 위해서는 남에게 나를 맞춰야 한다고 생각했
다. 아니, 남에게 맞추는 수밖에 없었다. 오랫동안 남의 눈치만
보면서 살다 보니 '나'라는 존재 자체가 없어지다시피 했기 때
문이다.

나는 눈치를 보면서도 늘 눈치 보는 내가 싫었다. 어떻게 하
면 눈치를 안 보고 살 수 있을까 고민했다. 지금은 생각한다.
잘못된 건 '눈치를 보는 나'가 아니라고. 나라는 존재가 없어진
건 내가 눈치를 보았기 때문이 아니라 내가 눈치 보는 것을 부

끄러워하고 싫어했기 때문이 아니었을까. 눈치를 보면서도 눈치 보지 않는 척하다 보니 도대체 내가 어떤 존재인지 알 수 없어졌는지도 모르겠다.

나는 이제 눈치 보지 않겠다고 작정하지 않겠다. 눈치를 보는 것 또한 나를 이루는 중요한 요소 중 하나로 받아들이기로 했다. 나는 아직도 한심할 정도로 남의 눈치를 보는 사람이지만 그래도 마음은 옛날보다 훨씬 편해졌다. 어쩌면 그걸로 된 게 아닐까.

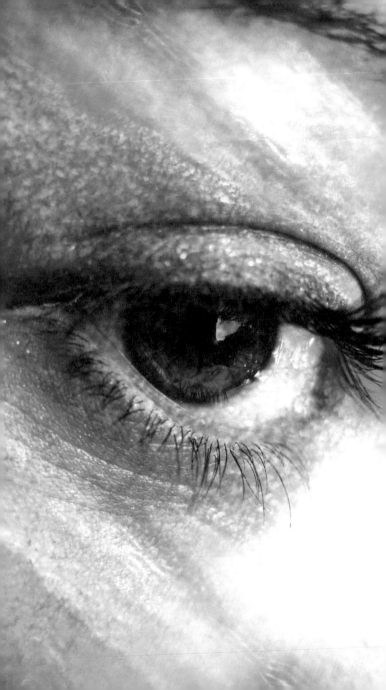

나는 눈치를 보면서도

눈치 보는 내가 싫었다.

눈치를 보면서

눈치 보지 않는 척 하다 보니

도대체 내가 어떤 존재인지

알 수 없어졌다.

시식코너의
꼬마아이처럼

"이거 먹어도 돼요?" 열 살쯤 되어 보이는 꼬마가 만두 반 조각을 가리키며 시식코너를 지키고 있는 마트 직원에게 물었다. 아이의 엄마뻘 즈음으로 보이는 앞치마를 두른 직원은 흠칫 놀란 기색을 보이더니 이내 환한 웃음을 띠었다. 직원은 만두 하나를 더 잘라서 아이 앞에 내어주며 답했다. "너는 물어보고 먹니. 아이고, 착해라. 자, 하나 더 먹어라."

요즘 시식코너에 반찬 통까지 들고 와서 담아 가는 진상 손님이 있다는 뉴스를 막 접했던 터라 아이의 천진한 질문이 신선하게 귀에 들어왔다.

시식코너와 같은 당연한 권리 앞에서도 우리는 다양하게 반응한다. 당연한 권리지만 지나치게 행사해서 주위 사람들을 찌푸리게 하는 사람도 있는 반면, 당연한 권리조차 선뜻 행사하지 못하고 주저하다가 손해 보는 사람이 있다. 시식코너의 진상 손님이 남의 눈치를 보지 않고 권리를 행사하는 극단적인 예라면, 시식코너 앞에서 '이거 먹어도 될까?'라고 망설이는 아이는 그럴 필요 없는 데서까지 남의 눈치를 보는 극단적인 예일 것이다. 나는 어느 쪽이냐 하면 아마도 망설이다가 그냥 지나가 버리는 쪽일 것이다.

그런데 아이는 여기서 한발 더 나아갔다. 망설이다가 지나쳐버리는 것이 아니라 "이거 먹어도 돼요?"라고 스스럼없이 물어보는 것으로 자신의 망설임을 투명하게 드러냈다.

나는 이 꼬마 아이에게 배운다. 때로는 눈치 봄을 투명하게 드러내는 것이 누군가를 미소 짓게 할 수도 있음을.

나는 왜

이토록 외로울까.

히키코모리가

히키코모리를 만나려면

집 밖으로

나가야 한다는 말이 있다.

내 안에 갇힌 채

나는 오래도록

외로워했다.

숨기는 게
속이는
걸까?

숨겨야 사는
사람들

대학생일 때 엠티에서 한창 유행했던 놀이 중에 마피아 놀이라는 것이 있다. 뽑기로 마피아를 몇 명만 뽑고 나머지는 다 시민이 된다. 누가 시민이고 누가 마피아인지는 아무도 모른다. 아는 것은 나의 정체뿐이다. 대화를 통해 시민들은 마피아가 누군지 추리해내야 한다. 너 마피아지? 라고 묻고 상대의 반응을 보는 식이다. 참가자들은 한동안 다 같이 말을 주고받으며 사람들의 말과 행동을 관찰한 후, 전원 참여하는 투표로 마피아라고 의심되는 한 사람을 없앨 수 있다. 물론 그 사람은 시민일지도 모른다. 그렇게 진짜 마피아를 한 사람 한 사람 찾아

내어 모두 소탕하면 시민의 승리가 된다.

반면 마피아라면 자신의 정체를 숨기고 끝까지 살아남아야한다. 시민인 척 연기하면서 다른 사람들을 감쪽같이 숨겨야만살아남는 것이다. 재미있는 부분은, 처음에는 누가 시민이고마피아인지 아무도 모르지만, 게임이 진행되기 시작하면 마피아들은 서로를 알아볼 수 있다는 점이다. 시민 투표가 끝날 때마다 마피아들에게 은밀한 시간이 주어지는데, 그때 마피아들은 슬그머니 고개를 들고 눈을 떠서 서로를 확인할 수 있다.

나는 마피아 놀이에 낄 때마다 시민으로 뽑히기를 간절히바랐다. 마피아가 되어 어설픈 연기를 하지 않아도 되기를 바라는 마음이었다. 나는 거짓말을 하면 그야말로 얼굴에 다 쓰여 있는 타입이다. 그러니 마피아면서 시민인 척 나를 숨기는일은 아무래도 자신이 없었다. 나는 마피아 놀이를 잘하지 못했고 그래서인지 좋아하지도 않았다.

나는 인생이 마피아 놀이 같다는 생각을 종종 했다. 외향적인 사람은 시민이 되고 내향적인 사람은 마피아가 된다. 마피아는 자신이 마피아라는 사실을 숨겨야 한다.

나는 어디에서든 늘 나만 빼고 모든 사람이 시민인 것만 같았다. 가정에서도, 학교에서도, 사회에서도, 나 혼자 마피아인 듯한 농도 짙은 소외감은 어린 시절부터 줄곧 내 인생을 지배해온 감정이었다. 시민들 사이에 몰래 섞여든 마피아 같은 감각 때문일까, 나는 아무 잘못도 없으면서 늘 무슨 죄라도 지은 사람처럼 떳떳지 못했다. 나는 반대편에서 눈부시도록 빛살을 쏘아대는 이들이 부러웠다. 그들은 위풍당당하고 자신감 넘치는 시민이었다.

학창 시절 단짝이었던 B 역시 시민 중 한 사람이었다. B와 단짝이 된 계기는 물리적 거리였다. 같은 아파트 주민에다 같은 학교, 같은 반 친구였기에, 우리는 자연스럽게 자매처럼 붙어 다녔다. 감색 교복 치마를 팔랑거리며 매일같이 긴 등하굣길을 나란히 걸었던 그때, 우리는 친구가 가족보다 소중할 나이였다. 그토록 가까운 사이였지만 B와 나는 나비와 나방처럼 달랐다. 극도로 내성적이고 소심한 성격의 나와는 달리 B는 활달하고 농담을 잘하는 성격이었기 때문이다.

졸업 후 내가 대학을 서울로 가고 B는 호주로 유학을 떠나면서 우리는 서서히 멀어져 갔다. 시간도 공간도 포개지지 않았다. 물리적 거리가 심리적 거리를 만든다는 말을 증명하듯 우리의 마음도 더는 포개지지 않았다.

고백하자면 나는 사실 충분히 그럴 수 있었음에도 적극적으로 관계를 이어가지 않았다. 나는 두려웠다. 나는 모든 관계를 두려워하지만, B처럼 유쾌하고 활기 넘치는 몇몇 친구와의 관계에서는 유독 두려움의 크기가 크다. 농담이라고는 할 줄 모르는 내가 재미없는 친구일까 봐 두렵다. 주로 듣기만 하고 재잘재잘 수다를 떨지 못하는 나를 지루한 사람이라고 생각할까 봐 두렵다. 나는 모든 관계에 어느 정도 거리를 두는 방법으로 두려움을 잊으려 한다.

나는 첫 책을 출간한 후 증정용으로 받은 수십 권을 지인들에게 선물로 돌리다가 오랜만에 연락이 닿았던 옛 친구 B가 떠올랐다. 책을 보낸 후 괜한 짓을 한 건 아닐까 마음이 뒤숭숭했다. 나와는 백팔십도 다른 성격의 B에게 내 글이 영 맞지 않을 것만 같았기 때문이다. 이후 책을 읽었다며 연락이 온 B에게 걱정했던 속마음을 넌지시 내비치자 B는 웃으며 말했다. "나도 엄청 소심하다. 지금까지 연기한 건데 속았구나."

사실 처음이 아니었다. 의심의 여지없이 백 퍼센트 시민이라고 확신하며 남몰래 부러워했던 친구가 책을 읽은 후 자신도

실은 비슷하다며 혹은 자신과 비슷해서 놀랐다며 속내를 터놓아 준 것이. 그 말들은 나에게 출생의 비밀에 버금가는 놀라움으로 다가왔다. 지금껏 내가 믿어 왔던 얄팍한 세계에 금이 가는 소리가 들렸다.

어쩌면 내가 지금껏 농도 짙은 소외감을 느껴왔던 이유는, 마피아의 시간에도 고개를 푹 숙인 채 눈을 질끈 감고만 있었기 때문인지도 모른다. 고개를 들고 눈을 뜨기만 하면 눈빛을 교환해 줄 마피아들은 어디에나 있었는데, 나는 술래잡기의 술래처럼 두 눈을 꼭 감은 채 혼자 어두컴컴한 허공에 빠져 허우적대고 있었던 것이다.

마피아는 우리가 느끼는 것 이상으로 많지 않을까. 평소에는 시민이라는 가면을 쓰고 자신을 숨겨야 살아남을 수 있는 사람들이니까. 내가 연기에 서투르다는 이유로 연기 자체를 거부하는 동안 나는 다른 이들의 연기를 섬세하게 알아차리는 눈을 잃었는지도 모른다. 그들의 노력을 그들의 타고난 재능(외향성이라는 재능)으로 바꿔치기함으로써, 나는 다른 세상에 사는 이들을 보듯이 그들과 벽을 치고 살아왔다.

물론 연기도 재능일 수 있다. 가면을 쓰지도 못하는 입장에서는 가면을 쓸 수 있다는 자체가 부럽기도 하다. 하지만 분명한 건 어느 쪽이든 자신의 존재를 들키기 두려워하는 마피아로서의 감각이 있다는 점이다. 그런 비밀스런 감각을 이해하고 공감해 줄 사람이 있다는 점에서 더는 외롭지만은 않다고 느낀다. 우리가 외로울 때는, 이야기를 들어줄 사람이 없을 때나 사랑해줄 사람이 없을 때가 아니다. 우리를 이해해줄 수 있는 사람이 없을 때 우리는 가장 외롭다.

중요한 건 스스로 고개를 들고 눈을 뜨지 않으면 아무도 내가 마피아인 줄 모르고 누구와도 눈 마주칠 수 없다는 점이다. 눈을 뜬다고 해서 꼭 사람을 찾아야 하는 것은 아니다. 책 한 권을 펼치는 것으로도 우리는 또 다른 마피아와 눈빛을 나눌 수 있다. 마피아의 은밀한 시간을 즐길 때, 외롭기만 했던 시간이 몰래 눈빛을 나누는 설레는 시간으로 바뀔지도 모르는 일이다.

나는

인생이 마피아 놀이 같다는

생각을 종종 했다.

외향적인 사람은 시민이 되고

내향적인 사람은 마피아가 된다.

마피아는 자신이 마피아라는 사실을

숨겨야 한다.

남들을 속이는
느낌이라서

남편 또 혼자 술 마셨어?

나 응.

남편 알코올 중독자처럼 왜 자꾸 혼자 마시고 그래.

나 네가 술을 안 좋아하니까 그렇지. 그리고 요즘 같은 혼밥, 혼술 시대에 무슨 그런 시대에 뒤떨어지는 소리야. 혼자 적당히 마시는 술이 얼마나 좋은데. 난 지금도 혼밥은 하기 싫은데 혼술은 옛날부터 좋더라.

남편 혼밥보다 혼술이 좋은 게 아니라 밥보다 술이 좋은 거겠지. 아, 네가 이렇게 술꾼인지 꿈에도 몰랐다니까.

나 밥보다 술이 좋은 건 맞아. 아, 나 좀 위험한가?

남편 술이 왜 그렇게 좋아? 맛있어서 좋은 건 아닐 테고, 취하는 느낌이 좋다고 하기엔 취할 만큼 마시는 것도 아닌 것 같은데.

나 음. 뭐랄까. 술을 마시면 자유로워지는 느낌이야. 평소에는 아슬아슬한 외줄 타기를 하면서 사는데 술이 조금 들어가면 맨땅을 밟고 서 있는 느낌?

남편 평소에는 외줄 타기를 한다고?

나 응. 평소에는 한 발이라도 잘못 내디디면 큰일 날 것처럼 굉장히 신경이 곤두서있고 예민한 상태니까. 그런데 취할 정도 아니라도 술을 살짝 마시면 예민 스위치가 탁 꺼지는 느낌이 들어서 좋아.

남편 음. 가끔 예민하게 굴 때가 있는 것도 같지만, 평소에 늘 그렇게 예민해 보이지는 않는데.

나 그렇지. 내가 철저히 숨기고 있으니까.

남편 그냥 있는 그대로 보여도 되지 않아?

나 그게 너무 오래 숨겨 와서 그런지 숨기고 있는 게 오히려 편해. 웃긴 게 나도 내가 이렇게 뾰족한 사람인지 몰랐다니까. 난 내가 되게 둥글둥글한 사람인 줄 알았어. 예민함을 다른 사람들한테만 숨긴 게 아니라 나 자신한테도 철저히 숨겨 온 거지. 그런데 나를 그대로 드러내도 안전하다고 느끼는 사람을 만나고 나니까 내 안에 억눌러 왔던 것들이 폭발하듯 튀어나오고 있는 것 같아.

남편 예민함을 왜 그렇게 숨겨 왔다고 생각해?

나 예민함은 트러블을 일으키니까.

남편 예민함이 트러블을 일으켜?

나 그렇잖아. 좋게좋게 넘어가자면 아무 문제 없는 일 투성이고, 예민하게 반응하자면 문제 될 일 투성이니까.

남편 문제를 일으키고 싶지 않았다는 거야?

나 응. 내 문제가 그거야. 예민하면서도 트러블은 굉장히 두려워한다는 거. 나는 남이 싸우는 것만 봐도 심장이 벌렁거려서 그 재미있다는 싸움 구경도 못 하는 사람이잖아. 나는 제발 아무도 싸우지 않았으면 좋겠고 매일 세상이 평화로웠으면 좋겠거든. 내가 나서서 트러블을 일으킨다는 건 상상할 수도 없지.

남편 누구랑 싸워본 적 없어?

나 응. 한 번도 없을걸.

남편 어렸을 때 형제자매끼리 잘 싸우잖아. 언니들이랑
도 싸운 적 없어?

나 내 기억엔 없는데. 별로 상대가 안 되기도 했고.

남편 음.

나 우리 둘째 언니가 좀 까칠한 캐릭터잖아. 내가 예민
하면서 트러블을 두려워한다면 언니는 예민하면서
나랑 다르게 트러블을 두려워하지 않는 쪽이거든.
그래서 언니는 좀 트러블 메이커이기도 했어. 예민
한 반응을 겉으로 드러내면 트러블이 생기게 마련
이니까. 그런데 나는 언니의 그런 까칠함이나 예민
함을 피곤해하면서도 또 피곤하지만은 않았어. 그
러니까 트러블 자체는 피곤하지만 트러블을 일으키
는 이유는 이해하는 느낌이랄까. 그게 당시에는 몰
랐는데 내가 언니만큼의 예민함을 내 안에 품고 있
었기 때문이었던 것 같아. 근데 또 그런 내 안의 예
민함을 의식하고부터 뭔가 남들을 속이는 느낌이라
서 마음이 불편해져. 언니처럼 솔직하게 드러내지

않고 겉으로는 사람 좋은 척하고 있으니까 내가 겉과 속이 다른 사람 같고 진짜 나를 알면 실망할 것 같은 느낌이 들고.

남편 네가 전에 가면을 쓸 수 있는 게 부럽다는 식의 얘기했었잖아. 그때 네가 했던 말 중에 이런 말이 있었지. 외향적으로 보이는 가면을 쓸 수 있다는 건 그런 가면을 가지고 있다는 거고 그런 성향을 지니고 있는 거 아니냐고. 예민함도 마찬가지 아닐까? 네가 사실은 뾰족한 사람인데 그걸 숨기고 속여 왔다기보다 네 안에 뾰족함도 있고 둥글둥글함도 있고 그런 거 아닐까. 그동안은 뾰족함이라는 것의 존재 자체를 몰랐기 때문에 지금 그 존재가 더 크게 느껴지는 걸지도 몰라.

나 그런가. 그리고 보면 때에 따라 좀 다른 것 같기도 해. 굉장히 예민한 시기가 있고 좀 편안한 시기가 있고. 보통 글을 쓸 때 굉장히 예민해지는데 요새 계속 글을 써서 그런지 매일 날이 서 있는 사람처럼 예민하네. 하, 그냥 사적인 이야기나 끼적거리고 있으면서 웃기지, 누가 보면 대단한 예술이라도 하는 줄 알겠다.

남편   아니야. 어떤 종류의 글이건 글쓰기에는 예민한 감
각이 살아있어야 하는 거 아닌가? 좋은 게 좋은 거
지, 라는 감각으로는 별로 문제 삼을 일도 없고 쓸
일도 없을 테니까. 난 네가 지금 예민함을 잘 쓰고
있다고 생각해.

이해받지 못하는
고통

임산부 배려석에 앉았다가 폭행당한 여성의 이야기를 기사로 보았다. 임산부도 아니면서 배려석에 앉았다는 것이 폭행의 이유였다. 고작 그런 일로 사람을 때렸다는 것도 기가 막히지만, 더 억울한 것은 그 여성은 엄연한 임산부였다.

임신 초기에는 배가 거의 나오지 않아서 겉으로 봐서는 전혀 티가 나지 않는다. 마른 사람의 경우는 만삭 수준이 될 때까지 티가 나지 않기도 한다. 그런데 임신에 있어서 가장 위험한 시기는 배가 남산만큼 불렀을 때가 아니라 임신했는지도 모를 정도로 티가 안 나는 임신 초기다. 나 역시 임신 초기에 유산될 위험에 처해서 병원에 입원하여 안정을 취했던 적이 있다.

보이지 않는 고통은 그래서 힘들다. 보이지 않기에 이해받거나 배려 받지 못하기 때문이다. 내향성이든 예민함이든, 어떤 타고난 성향으로 인한 고통은 모두 임신 초기처럼 보이지 않는 고통이다. 누가 봐도 못난 외모나 찢어지게 가난한 환경이나 아니면 어떤 신체적인 장애처럼 눈에 보이는 고통이 있다면, 가정폭력이나 왕따처럼 설명할 수 있는 분명한 사건이 있다면, 그 고통을 속속들이 이해하지는 못해도 고통이 있다는 사실은 누구나 이해해줄 것이다. 그러나 타고난 성향이나 사회적으로 예민한 감수성처럼 눈에 보이지 않는 고통은 고통이 있다는 사실조차 이해받지 못한다. 어쩌면 이해받지 못할 수밖에 없었다. 나조차도 이해하지 못했으니까.

내 인생은 설명할 수 없는 고통과의 싸움이었다. 나는 내 고통에 붙일 이름이 필요했다. 자폐나 공황장애처럼 나의 증상을 한마디로 설명할 수 있는 어떤 병명이 있었으면 좋겠다는 생각을 하곤 했다. 겉으로 보아서는 나에게 아무런 문제가 없었다. 어떤 점에서는 축복받은 환경으로 보이기까지 했다. 나는 내가 왜 이렇게 죽을 만큼 힘든지 이해할 수 없었다. 나는 아무것도 이해하지 못하고 아무것도 설명할 수 없는 채 어른이 되었다. 조금씩 아주 조금씩 이해하기 시작한 것은 어른이 되고 나서도 한참이 지나서의 일이다.

지금 글을 쓰는 것도 나의 고통을 이해하기 위한 작은 몸부림에 불과하다. 이해받지 못하는 고통을 이해하기 위해. 내가 먼저 이해하려 들지 않으면 누구에게도 이해받지 못할 것이므로.

내 인생은

설명할 수 없는

고통과의 싸움이었다.

나는

내 고통에 붙일

이름이 필요했다.

솔직하고
상식적인

상식이란 사람마다 다르다. 이때의 상식이란, 지식으로서의 상식이 아니라 일상생활에 있어서 당연하게 생각하는 그 무엇이다. 크게는 외향적인 사람의 상식과 내향적인 사람의 상식은 다르다. 세상에 나와 내가 익힌 상식은 외향적인 사람들의 상식이었다. 나는 그걸 일반적인 상식으로 받아들였다. 나는 필사적으로 나를 숨겨야 했다. 내가 느끼기에 나는 상식에 어긋나는 사람이었으니까. 나는 상식적인 사람이고 싶었다. 나는 솔직하면서 상식적인 사람이고 싶었다. 이 둘의 공존이 나에겐 달 두 개가 동시에 뜨는 일처럼 불가능하게 느껴지곤 했다.

내 색깔을 아는
단 한 사람

보이는 색깔이 진짜 색깔인 사람이 몇이나 될까. 어른이 된다는 건 불투명해지는 일이다. 괜찮은 척, 행복한 척하며 진짜 색깔을 숨기는 일은 너와 나만의 일이 아니고 우리 모두의 일이니까. 어차피 우리에게 필요한 건 투명함이 아니다. 우리에게 중요한 문제는, 진짜 색깔을 보여줄 수 있는 단 한 사람을 찾는 일이 아닐까.

나는 왜
나 같은 친구가 없을까

아이에게 그림책을 읽어주다가 《두더지의 고민》이라는 재미있는 그림책을 보았다. 이 그림책에는 "난 왜 친구가 없을까?" 하고 고민하는 두더지가 나온다. 두더지는 고민을 하면서 열심히 눈덩이를 굴리는데, 그 눈덩이가 점점 걷잡을 수없이 커지면서 동물 친구들이 눈덩이 속에 다 파묻혀 버리고 만다. 바로 눈앞에 친구들이 있는데도 자기가 굴리는 눈덩이 때문에 아무도 보지 못하고 계속 고민만 하는 것이다.

나는 두더지처럼 오랫동안 고민했다. 나는 왜 나 같은 친구가 없을까. 내가 세상에 나 혼자만 내성적이라고 느낀 데에는 가족들 외에 친구들의 영향도 있었다. 나의 친한 친구들은 모두 사교적이고 외향적인 성격이었기 때문이다. 그래서 나는 어릴 때부터 세상 사람들이 모두 외향적이라고 착각하며 살아왔는데, 지금 생각해 보면 나 같은 친구가 없었던 건 당연한 일이었다. 소극적이고 가만히 있는 나에게 적극 다가와 말을 건 다음 지속적으로 연락을 취해 관계를 유지하기까지 하는 사람은 모두 아주 적극적이고 외향적인 사람일 수밖에 없었기 때문이다.

결국, 두더지처럼 원인은 나에게 있었다. 눈덩이를 굴리기만 할 게 아니라 눈덩이 속으로 파고들어 가야 하듯이, 히키코모리가 히키코모리를 만나려면 문을 열고 집 밖으로 나가야 하듯이, 내성적인 사람이 자신과 닮은 친구를 사귀려면 마음을 열고 먼저 말을 건네는 적극성이 필요한 법이다.

솔직하고

상식적인

사람이고 싶었다.

이 둘의 공존이

나에겐

두 개의 달이

동시에 뜨는 일처럼

불가능하게

느껴지곤 했다.

나는 왜

사람을 만나기 두려울까.

나는 왜

나를 드러내기 두려운 걸까.

나를 그대로

드러낸다는 것은

나에겐

공포에 가까운 일이었다.

벗으면
벗을수록
좋은 것

노출
공포증

첫 책인 《나를 해독하는 법》을 썼을 때, 아무래도 생초보 작가다 보니 편집자에게 쓴소리를 참 많이도 들었다. 초고를 다 읽은 편집자와 처음 통화를 했을 때 편집자는 조심스레 물었다. "저, 작가님, 실례가 안 된다면 나이가 어떻게 되시는지 여쭤봐도 될까요?" 내 나이를 듣고 난 편집자는 "아, 저는 나이가 좀 더 있으신 분인가 했어요"라고 말하며, 이어서 거침없이 직언을 던졌다. "에세이를 읽으면 이 글의 작가가 어느 정도 나이대의 어떤 사람인지 그려져야 하는데, 작가님 지금 글로는 전혀 모르겠어요. 작가님 이야기를 좀 더 해주시면 좋겠어요." 나는 편집자의 이 말이 그야말로 정곡을 찌른 말이면서 나에게 필요한 최고의 조언이었다고 생각한다.

나는 노출증이 아니라 노출 공포증이 있는 사람이다. 나라는 사람을 드러내는 것이 그 무엇보다도 두렵다. 첫 책의 초고를 쓸 때 나는 의도적으로 나를 숨겼다. '나'라는 표현은 거의 쓰지 않고 대신 '그'라 든지 '그녀'라 든지 혹은 '아이'라는 식으로 둘러 표현했다. 소설도 아니고 에세이를 쓰겠다는 사람이 내 이야기를 남의 이야기처럼 바꿔놓는 식으로 글을 쓴 것이다. 그래놓고는 스스로 생각해도 이건 좀 이상하다 싶어 머리말에 다음과 같이 구차한 변명을 주절주절 늘어놓았더랬다.

이 글 속에는 유리를 사랑하는 마음이 담겨 있습니다. 김소연 시인은 유리에 대해서 이런 말로 표현했습니다. "차단되고 싶으면서도 완전하게는 차단되기 싫은 마음. 그것이 유리를 존재하게 한 것"이라고. 차단되고 싶으면서도 차단되기 싫은, 드러내고 싶으면서도 드러내기 싫은 마음. 그래서 내 이야기인 듯 내 이야기가 아닌 듯 애매모호하게 이야기를 풀어놓는지도 모릅니다.

물론 이 머리말은 책에 들어가지 않았다. 편집자의 의견을 받아들여 내 이야기를 하는 쪽으로 대폭 수정하고 제목도 바뀌면서 머리말도 다시 썼기 때문이다.

여기서 혹시 내 첫 책을 읽은 독자라면 고개를 갸우뚱할지도 모르겠다. 그렇다. 대폭 수정해서 나를 드러낸다고 드러낸 게 고작 그 정도다. 나를 어느 정도 드러내기는 했지만 누가 봐도 부끄럽지 않을 정도까지만 드러냈다. 진짜 하고 싶은 말을 다 털어놓기보다 해도 될 것 같은 정도까지만 이야기했다. 진짜 내 모습이나 진짜 내 생각을 고스란히 드러냈을 때, 부모님에게 보이기 부끄러운 책이 될까 봐 두려웠다. 나와 비슷한 소수가 아닌 다수의 사람들에게 비웃음을 살까 봐 두려웠다. 그런 두려움은 지금도 마찬가지다. 나는 아직도 노출 공포증에 시달린다.

나는
어떤 에세이에 반하는가

　나를 드러내는 데에 공포증이 있는 사람이 자신을 만천하에 드러내야 하는 에세이 작가가 되겠다니, 컴맹이 구글에 들어가겠다는 목표를 세운 꼴이었다. 어떻게 그런 무모한 목표를 세울 수 있었는지 지금 돌이켜 생각해보면, 독자의 입장에서 에세이를 읽고 좋아하기만 했지 작가로서는 에세이라는 장르에 대해 제대로 이해조차 못 하고 있었던 무식함 덕분이었다.

　에세이는 글보다 사람이다. 독자들이 에세이에서 원하는 사람은 딱 두 종류다. 친근한 사람이거나 아니면 나와 비슷한 사람이거나. 친근한 사람이라고 해서 꼭 서로 아는 사람일 필요는 없다. 연예인 같은 유명인이나 성공한 사람, SNS로 자주 보았던 인플루언서 등은 모두 우리에게 친근하다. 이때 그들의 에세이는 사생활에 대한 호기심을 채워주는 것만으로도 가치가 있다. 그러나 유명인이 아니라면? 그러니까 나처럼 평범한 일반인일 경우 그 사람의 사생활 따위를 대체 누가 궁금해하겠는가. 평범한 우리에겐 사람들의 관심을 끌 만한 자극적인 스토리나 흥미진진한 사건 따위도 없다.

에세이 독자로서 생각해 보자면, 나는 나와 비슷한 사람에게 끌렸다. 나와 참 비슷한 사람이라서 그의 글에 공감하거나 위로받을 수 있을 때 비로소 에세이로서의 가치가 생겼다. 그런데 이때의 공감은 일반적인 공감과 다르다. 보통 사람들과의 대화나 인터넷 카페에서의 대화 등으로 얻을 수 있는 흔하디흔한 공감이라면 굳이 귀찮게 책을 읽어서 얻을 필요가 어디 있겠는가. 그러니까 에세이의 매력은 비밀스럽거나 부끄러운 공감을 얻는 데에 있다고 생각한다. 그동안 차마 누구도 드러내지 못했던 부끄러운 부분을 용감하게 드러내어 사람들의 마음을 흔들었을 때, 그 에세이의 가치는 판매지수 따위로 따질 수없는 곳에 있지 않을까. 대표적인 예로 록산 게이가 쓴 몸과 허기에 관한 고백서인 《헝거》를 들 수 있겠다.

내가 다른 작가에게 심한 질투심을 느낄 때는 베스트셀러에 오른 에세이를 보았을 때가 아니다. 내가 부끄러워질 정도의 솔직함에 당황하며, 이렇게까지 벌거벗어서 바닥까지 보여주다니 참 대단하다, 싶은 에세이를 보았을 때다. 이때 '대단하다'에서 그치는 경우(나와는 좀 다른 유형의 사람이거나 내가 전혀 경험하지 못했던 일이거나 하는 경우)가 있고 그 벌거벗은 모습에 깊이 공감까지 하게 되는 경우가 있다. 그 '대단한 벌거벗음'에 깊이 공감할 때 나는 그 작가를 사랑하게 되었다. 그러니까 에세이는 벗으면 벗을수록 좋았다. 적어도 나한테는 그랬다.

에세이를 읽을 때 벗으면 벗을수록 좋았다는 것은 곧 관계에 있어서도 그대로 적용되는 이야기가 아닐까. 앞서 말했듯이 에세이는 글이라기보다 사람이니까.

우리가 나약함을 숨기는 이유는 결국 그로 인해 사랑받지 못하거나 인정받지 못할까 봐 두려워하는 마음 때문이다. 그런데 나약함을 숨김으로써 사랑받을 때 우리는 그 사랑이 진실이 아니라는 것을 안다. '진짜 나'라는 사람이 사랑받는 것이 아니라 '남에게 보여지는 나'라는 사람이 사랑받는 것이다. 그래서 우리는 사랑받으면서도 그 사랑을 온전히 기뻐하지 못하고 '진짜 나를 알면 실망할 거야'라는 두려움에 빠진다.

나약함을 드러냈을 때는 어떨까. 우리가 걱정한 대로 그 나약함 때문에 실망하고 나를 사랑하지 않게 되는 사람도 분명 생길 것이다. 그런데 그렇지 않은 사람도 분명히 있다. 나의 나약함을 보고도 나를 사랑해주는 사람. 이때 우리는 그들이 나의 '나약함에도 불구하고' 나를 사랑해준다고 생각한다.

물론 그럴지도 모르겠다. 하지만 또 하나 분명한 점은 그 '나약함 때문에' 나를 사랑하는 사람도 생긴다는 것이다. 흔히 '때문에' 하는 사랑보다 '그럼에도 불구하고' 하는 사랑이 진짜 사랑이라는 식으로 말한다. 그런데 사랑은 두 가지가 아니라 세 가지다. '(+) 때문에' 하는 사랑, '(-)에도 불구하고' 하는 사랑, 마지막으로 '(-) 때문에' 하는 사랑. '(-)에도 불구하고' 하는 사랑보다 더 강한 사랑이 바로 '(-) 때문에' 하는 사랑이 아닐까.

일단 나부터 시작하자. 나는 내성적이지만 그럼에도 불구하고 사랑받고 싶지 않다. 나는 내성적이기 때문에 사랑받고 싶다. 나는 '내성적인 나'를 사랑하기보다 '나의 내성적임'을 사랑하고 싶다. 내가 그동안 나를 사랑하지 못했던 이유는 계속해서 '그럼에도 불구하고 사랑'을 하려 했기 때문이 아니었을까.

자랑스러운 게
뭐라고

나   아, 나 같은 사람은 엄마가 안 되었어야 해.

남편   왜 그래?

나   그냥 엄마라는 사실 자체가 너무 부담스러워. 여러
사례를 봐도 그렇고 육아 책을 봐도 그렇고 엄마가
어떻게 하냐에 따라서 아이의 인생이 달라지잖아.
내가 매일매일 어떻게 하냐에 따라서 아이의 인생
이 달라진다고 생각하면 너무 부담스럽고 숨이 막
혀서 도망가고 싶어.

남편   음. 너무 잘하려고 하지 마. 그렇게 부담 느껴서 스

트레스받으면 그게 아이한테 더 안 좋지 않을까?

나 휴, 안 그래도 안 좋은 영향을 주고 있는 것 같아.

남편 너무 완벽한 엄마, 좋은 엄마가 되려고 하지 마. 그 냥 엄마면 되는 거야.

나 그게 말처럼 쉽게 안 된다니까. 옛날에야 애를 많이 낳아서 그냥 방치하듯이 키우기도 했으니까 그 냥 엄마여도 됐는지 몰라도 요즘은 한둘만 낳으니 까 다들 얼마나 신경 써서 키우는데. 신경 쓸 게 얼 마나 많다고. 근데 이것저것 다 신경 써야 한다는 압박감만 엄청 받고 실제로 행동하지는 않는 게 문 제야. 실제로는 내가 하고 싶은 일을 하고 있으면서 아이한테 시간을 충분히 쏟지 않는다는 죄책감을 느끼거든.

남편 그냥 그렇게 있는 것도 괜찮지 않나? 하고 싶은 일 하면서 즐거운 엄마로 있어도 괜찮을 것 같은데.

나 하고 싶은 일 하면서 죄책감에 스트레스받는 엄마 니까 문제지. 이건 아이한테 시간 쓰면서 스트레스 받는 것보다도 더 못하다니까.

남편 내 생각에 네가 만족할 만한 네 모습은 '아이한테 시간을 충분히 쓰는 즐거운 엄마'인 것 같은데, 그러니까 아무것도 안 되는 거 아닐까. 그건 너한테 맞는 조합이 아니잖아.

나 그런가.

남편 자긴 완벽주의가 너무 심해 보여. 아이한테 완벽한 엄마이고 싶은 마음이 너무 강해. 그러니까 육아 자체가 부담스러워지는 거 같은데.

나 …….

남편 아이한테뿐만이 아니야. 넌 모든 사람들한테 완벽한 모습만 보여야 한다고 생각하는 게 있어. 그러니까 육아가 부담스러운 것처럼 사람을 만나는 것도 부담스럽고 꺼려지는 거야. 완벽하지 않은데 완벽한 모습을 보여야 하니까.

나 뭐 꼭 그렇게 완벽한 모습만 보여야 한다고 생각하는 건 아닌데…….

남편 물론 의식적으로 그런 생각을 하는 건 아니겠지. '완벽한'이라는 표현 때문에 그 정도까지는 아니라고 생각할지도 모르지만 내가 보기엔 별로 다르지 않아. 네가 전에 '자랑스러운'이라는 표현에 집착해 왔던 거 같다고 말했었잖아. 그거 기억나?

나 응. 기억나지.

남편 그때 왜 그렇게 생각했는데?

나 내가 책 내고 나서 지인들한테 책 돌리면서 짧게 편지 같은 글을 썼었잖아. 그때 내 친구 ○○한테 쓰기를, 나한테 넌 자랑스러운 친구였는데 나는 그렇지 못했다, 나도 너한테 자랑스러운 친구이고 싶었다, 라는 식으로 글을 쓴 거야. 그걸 보고 친구가 뭐라고 답을 했냐면 '나는 자랑스러운 친구보다 인간적인 네가 훨씬 좋고 소중해'라고 하더라고. 그걸 듣고 정말 뒤통수를 세게 맞은 것 같았어. 아무 생각이 없다가 '아니, 내가 왜 자랑스러운 친구이고 싶었지?'하는 생각을 하게 된 거지. 사실 '자랑스러운 친구'라는 게 흔하게 쓰이는 조합은 아니잖아. 소중한 친구나 허물없는 친구 같은 조합이 훨씬 자연스럽지. 그러고 나서 가만 생각해 보니까 내가 '자랑스러운'이라는 형용사를 그 외에도 몇 번이나 썼더라고. 그 친구한테만 그렇게 쓴 게 아니라 예전에 신세 졌던 선생님께 보내면서도 '자랑스러운 학생이고 싶었다'라고 썼어. 그런데 나는 그렇게 써놓고도 내가 '자랑스러운'이라는 형용사를 반복해서 쓰고 있다는 사실조차 깨닫지 못했던 거지. 이런저런 말을 하는 중에 들어간 한 단어일 뿐이었으니까. 그렇게 그 단어를 의식하고 나서 생각해 보니 엄마 아빠한테도 내가 그 단어를 써서 서운함을 표현한 적이 있었던 거야. 언니들은 자랑스러운 딸이었지만 나는 자랑스러운 딸인 적이 없지 않느냐는 식으로. 그거까지 떠오르고 나니 깨달았지. 아, 내가 '자랑스러운'이라는 형용사에 어지간히 집착하고 있구나, 하고.

남편 그러니까 대단한 가족들 사이에서 자라서 그런지 넌 네가 생각하는 것 이상으로 자신에 대한 기준이 높고 완벽주의에 빠져 있다니까. 사실 '자랑스러운'이란 '완벽한'의 다른 말 아닌가. '자랑스러운 한국인'이라고 했을 때 생각나는 사람이 누구야?

나 음. 김연아!

남편 그치. 우리가 김연아가 실수하는 인간적인 모습을 보고 자랑스러워하는 건가? 아니잖아. 엄청난 노력 끝에 멋지고 완벽한 연기를 해낸 모습을 보고 자랑스러워하는 거지.

나 그건 그렇지.

남편 자랑스러운 존재이고 싶다는 욕망은 완벽한 존재이고 싶다는 욕망과도 같아서 불가능한 거야. 그런 불가능한 욕망 때문에 너의 인간적인 모습이나 부족한 모습을 보이기 부끄러워하고 숨기려 하는데, 네가 부끄러워하는 모습들이 '자랑스러운' 모습은 아닐지 몰라도 '사랑스러운' 모습일 수는 있지 않을까. 그러니까 넌 너의 사랑스러운 모습을 어떻게든 숨기려고 애쓰고 있는 셈이지.

나 사실 '자랑스러운'에 집착했던 걸 느끼고 나서 이런 생각을 하긴 했거든. 아, 왜 그랬지, 자랑스러운 친구일 필요 없는 건데, 자랑스러운 학생일 필요도 없고, 자랑스러운 딸일 필요도 없는 건데, 그냥 허점투성이에 엉망진창인 한 인간이어도 괜찮은 건데 나는 뭐가 그렇게 두려웠지. 자랑스러운 게 뭐라고, 나는 아무짝에도 필요 없는 그 형용사 하나를 얻지 못하는 게 두려워서 친구이기를 학생이기를 딸이기를 두려워했구나, 하는 생각.

남편	내 말이 그 말이야. 그냥 엄마면 되는 것처럼 그냥 친구면 되고 그냥 딸이면 된다니까. 그걸로 충분해.
나	알았어. 말처럼 금방은 잘 안될 것 같긴 하지만.
남편	그래도 그런 널 알아봐 주는 친구가 있으니 얼마나 다행이야. 네가 숨기려고 애쓰는 인간적인 모습을 찾아내서 봐주고 그런 모습을 좋다고 말해주는 친구 말이야.
나	맞아. 나도 그런 친구가 될 수 있다면 좋겠다.

나는 내성적이지만

그럼에도 불구하고

사랑받고 싶지 않다.

나는 내성적이기 때문에

사랑받고 싶다.

'내성적인 나'를

사랑하기보다

'나의 내성적임'을

사랑하고 싶다.

사랑 고백

보통 나는 내 이야기를 하기보다 상대의 이야기를 들어주는 쪽이다. 상대의 이야기를 듣고 그에 맞춰 맞장구를 치면서 나는 안전하다고 느낀다. 한심하고 나약하고 엉망진창인 내 모습을 들키지 않을 수 있s어서 안전하다고.

나를 드러내는 일은 언제나 나에게 위험한 일이었다. 가능성이 희박한 짝사랑을 고백해버리고 대답을 기다리는 일처럼. 그렇기에 상대가 누구든 나를 드러내는 데에는 큰 용기가 필요했다. 사랑 고백에 필요한 만큼의 큰 용기가. 그러니까 이 책은 나의 부끄러운 사랑 고백이기도 하다.

나는 내성적으로 살기로 했다

초판 1쇄 발행   2020년 01월 20일

지은이   서이랑
펴낸이   김왕기
디자인   푸른영토 디자인실

펴낸곳   **푸른영토**
　　　　　주소　　　　경기도 고양시 일산동구 장항동 865, A동 908호
　　　　　전화　　　　(대표)031-925-2327 팩스 | 031-925-2328
　　　　　등록번호　　제2005-24호(2005년 4월 15일)
　　　　　홈페이지　　www.blueterritory.com
　　　　　전자우편　　book@blueterritory.com

ISBN 979-11-88292-93-6 03810
ⓒ서이랑, 2020